KB275956

당신의 말이 곧
당신의 수준이다

당신의 말이 곧
당신의 수준이다

당신의 말이 곧 당신의 수준이다

Ludwig Wittgenstein

모티브

"내 언어의 한계는 내 세계의 한계이다."

- 루트비히 비트겐슈타인 -

Ludwig Wittgenstein

1889. 04. 26 - 1951. 04. 29

살다 보면 인생이 참 답답할 때가 있을 겁니다. 어떻게 살아야 잘 사는 것인지도 모르겠고, 잘 해내고 싶은데 그것 또한 마음처럼 되지 않으니까요. 저는 그 답답함이 항상 돈이 없고, 제가 똑똑하지 않기 때문이라고 생각했습니다. 그래서 그나마 가진 것이라도 지켜보고자 아등바등 살았죠. 하지만 비트겐슈타인은 이렇게 말했습니다. "내 언어의 한계는 내 세계의 한계다." 제가 말하고 특정 지을 수 있는 세계가 저의 한계라는 것이

었죠. 생각해 보면, 저는 제가 할 수 있는 것들에 대해서만 말하며 그렇게 한계를 혼자서 정하고 살아왔었습니다. 그래서 그의 짧은 문장이 저에게는 위로보다는 경고처럼 다가왔습니다. 내가 답답한 건 돈이 없고, 아는 것이 없어서가 아니라, 말하지 않은 세계가 있었기 때문이라는 생각이 들었기 때문입니다. 비트겐슈타인은 상황을 탓하기보다 먼저 언어를 돌아보라고 말합니다. 내가 무엇을 말할 수 있는지, 어떤 말 앞에서 멈춰 서는지를 살펴보라고요. 그래서 그의 철학을 따라 한계를 스스로 단정 짓기보다 질문을 달리하고, 언어를 새롭게 고쳐 쓰고 있습니다. 그렇게 언어를 바꾸니 확실히 보이는 것이 있었습니다. 예전에는 불가능하다고 단정했던 일들이 언어를 바꾸니 생각이 달라지고, 생각이 달라지니 새로운 것들이 보이게 되었다는 것이죠. 비트겐슈타인의 말처럼 언어는 우리의 한계를 정합니다. 그리고 반대로 나의 세계를 넓히기도 합니다. 그래서 저는 이 책에 그의 철학을 엮어 세상을 다시 보게 하는 문장들을 넣어 뒀습니다. 물론, 이 책을 읽는다고 삶이

갑자기 쉬워지지는 않겠지만, 적어도 예전처럼 이유도 모른 채 막혀 서 있지는 않게 될 것 같습니다. 만약 삶이 답답해 어떤 생각을 하고, 어떤 언어를 사용해야 하는지 모르겠다면, 이 책을 펼쳐 생각을 정리할 수 있으면 좋겠습니다.

감사합니다.

- 엮은이, 이근오 -

차례

Chapter. 01

세상을 이루는 언어의 규칙들

Wittgenstein

언어의 한계가
곧 당신의 한계다

비트겐슈타인은 사람이 이해하고 말할 수 있는 언어의 범위가 곧 그 사람이 바라볼 수 있는 세계의 범위를 결정한다고 보았다. 그래서 그는 말했다. "내 언어의 한계는 내 세계의 한계를 의미한다." 예를 들어보자. 누군가 '사랑'이라는 단어를 배우지 못했다면, 그 사람은 사랑을 느낄 수는 있어도 그것을 제대로 인식하거나 표현하지 못할 것이다. 반대로 '외로움'이라는 단어를 배우지 못한 사람은 그 감정을 명확히 이해하지 못한 채 그저 막연한 불편함으로만 느낄 것이다. 이처럼 우리가 사용하는 언어는 단순히 의사소통을 위한 도구가 아니라, 우리가 세상을 보고 이해하고 경험하는 하나의 틀에 가깝다. 이 틀이 좁은 사람일수록 삶은 더 한정적이고 답답하게 느껴질 것이고, 아는 단어가 적을수록 생각하는 것이 제한될 것이고, 표현할 수 있는 폭이 좁을수록 경험할 수 있는 세계 역시 그만큼 좁아질 것이다. 그래서 책을 읽어야 한다. 낯선 단어를 만나고 새로운 개념을 배움으로써 자신의 표현과 사고의 세계를 넓혀야 한다. 사람은 "배려"라는 말을 정확히 이해하는 순간 타인을 다정하게 바라보게 되고, "성찰"이라는 말을 정확히 알고 나서야 비로소 자신을 깊이 돌아볼 수 있게 된다. 반대로 욕설과 비난의 언어만 익숙해지면 분노와 적대감이 일상이 되고, 자신의 세상도 부정적으로만 보이게 될 것이다. 이것이 언어가 지닌 힘이다. 그러나 비트겐슈타인이 말한 "언어의 한계"는 단순한 어휘 부족만을 말하는 것이 아니다. 생각의 틀, 인식의 폭, 상상력의 경계를 함께 포함한다. 내가 가진 언어가 빈약하면 사고도 좁아지고, 쓰는 말이 거칠어지면 마음도 그에 맞춰 거칠어진다. 그래서 먼저, 내가 어떤 언어를 쓰며 살아가는지 돌아보아야 한다. 언어는 세계를 담는 그릇이다. 그릇이 작으면 담을 수 있는 것이 제한되고, 그릇을 넓히면 받아들일 수 있는 세계도 함께 넓어진다. 그래서 큰 뜻을 품고 있다면 그 꿈을 담아낼 만큼의 언어를 먼저 준비해야 하고, 생각이 깊은 사람이 되고 싶다면 그 깊이를 지탱해 줄 언어를 배워야 한다. 비트겐슈타인이 말한 것처럼 언어의 한계는 곧 내 세계의 한계가 되기 때문이다. 그러니, 자신의 언어를 넓히는 일에 주저하지 말자. 그것이 결국 자신의 세계를 넓히는 첫 번째 과정이 될 것이다.

**"내 언어의 한계는
내 세계의 한계를 의미한다."**

002

언어의 세계를
어떻게 바라봐야 하는가

당신은 자신만의 세계가 어떻게 구성된다고 생각하는가? 책, 의자, 컵 같은 사물이 방 안에 여러 개 있다면 그것이 당신의 세계를 만드는가? 아니면 그 컵이 어떤 위치에 놓여 있고, 어떤 관계를 이루고 있으며, 어떤 상태를 형성하고 있는지가 당신의 세계를 만드는가? 이런 질문이 참 어렵고 복잡할 것이다. 생각해 본 적도 없고, 어디서부터 어떻게 생각해야 할지 모르겠으니 말이다. 그러나 이런 질문을 곰곰이 생각해 본 비트겐슈타인은 세계에 대해 이렇게 말했다. "세계는 일어나는 모든 것이다." 그가 말하는 일어나는 모든 것이란 단순히 사물을 말하지 않는다. 책, 의자, 컵 같은 사물만 나열하면 사물들을 나열하는 목록이 될 뿐이다. 하지만 "책이 책상 위에 놓여 있다", "컵에 물이 반쯤 차 있다", "창문이 열려 있다" 같은 그 사물들이 어떤 형태로 세계를 구성하는지 말할 수 있다면 이건 세계의 구조를 만든다. 비트겐슈타인은 바로 이 구조를 통해 우리가 세계를 이해한다고 보았으며, 언어는 이러한 사실들의 구조를 다시 문장으로 그려내는 장치라고 보았다. 비트겐슈타인은 사람들이 세계를 어떻게 구성하냐는 질문에 쉽사리 답하지 못하는 이유가 사물이라는 목록 자체에 집착하면서 세계를 보려 하기 때문이라고 말한다. 사물은 그저 존재할 뿐, 사물 자체가 의미를 만들어내지는 않는다는 것이다. 의미는 사물들이 어떻게 결합해 있고, 또 무슨 일이 일어나고 있는지라는 사실 속에서 비로소 드러난다. 비트겐슈타인은 더 명확하게 말하기 위해 이렇게 말했다. "세계는 사실들의 총체이지, 사물들의 총체가 아니다." 책상은 책상이고, 의자는 의자다. 그 자체로는 아무 의미도 만들어내지 못한다. 하지만 책상 위에 책이 놓여 있다는 사실, 의자에 사람이 앉아 있다는 사실, 나무가 바람에 흔들리고 있다는 사실. 이런 사실들이 비로소 세계를 만들어낸다. 사과 하나가 있다고 해서 세계가 만들어지는 게 아니다. 그 사과가 책상 위에 있다는 사실, 누군가 그것을 먹고 있다는 사실, 그것이 빨갛다는 사실. 이런 사실들이 모여 세계를 구성하는 것이다. 세계를 구성하는 것들을 강조하는 이유는 대부분 사람들은 세계가 그런 사실들로 이루어진 것을 알면서도 좋은 차를 사고, 큰 집을 갖고, 비싼 옷을 입는 것에 집착하기 때문이다. 정작 중요한 것은 그 차를 타고 어디를 가는지, 그 집에서 누구와 어떤 시간을 보내는지, 그 옷을 입고 무엇을 하는지. 이런 사실들이 우리의 세계를 만드는 데, 정작 우리는 사실들보다 사물에 집중하고 살기 때문이다. 비트겐슈타인은 같은 사물이라도 어떤 사실 속에 놓이느냐에 따라 전혀 다른 의미를 갖게 되기 때문에 이 점을 매우 중요하게 생각했다. 칼은 그저 칼이지만, 그것으로 요리를 하는 사실과 누군가를 해치는 사실은 완전히 다른 세계를 만들어낸다. 컵은 그저 컵이지만, 그 컵에 따뜻한 차를 담아 친구에게 건네는 사실과, 그 컵을 벽에 던져 누군가를 위협하는 사실은 전혀 다르다. 그래서 우리는 사물이 아니라 사실을 봐야 한다. 당신이 무엇을 가졌느냐가 아니라, 무슨 일이 일어나고 있느냐가 중요하다. 우리의 세계는 내가 소유한 것들로 이루어진 게 아닌, 나에게 일어나는 일들로 이루어져 있다. 만약 자신의 세계를 제대로 보고 싶다면, 먼저 사물이 아닌 사실을 보길 바란다. 그곳에 당신이 그동안 무심코 지나쳤던 사실들이 있을 것이다.

**"세계는 사실들의 총체이지,
사물들의 총체가 아니다."**

003

언어의 세계를 바꾸는 놀라운 방법

세계가 사실들의 총체라는 것을 이해했다면, 그 사실들은 어떻게 세계를 만드는가라는 질문을 해보아야 한다. 일어나는 사실만 가지고 나의 세계를 만든다고 하기에는 뭔가 다소 부족한 부분이 있기 때문이다. 그래서 비트겐슈타인은 이렇게 말했다. "세계는 사태들로 분해된다." 사태란 무엇인가? 사태는 일어나고 있는 개별적인 일들이다. 하나의 사건, 하나의 상황, 하나의 관계 이런 것들이 모여 세계를 구성한다는 뜻이다. 쉽게 말하면 지금 이 순간, 당신 앞에서 일어나고 있는 일들이다. 책을 읽고 있다는 사태, 의자에 앉아 있다는 사태, 창밖으로 햇빛이 들어오고 있다는 사태 이 모든 사태들이 합쳐져서 지금 당신이 경험하고 있는 세계를 만들어낸다는 것이다. 그리고 이 사태 중 하나라도 달라진다면, 당신의 세계는 달라지게 된다. 도중에 책을 덮는다면, 일어선다면, 커튼을 친다면 당신의 세계 전체가 바뀌는 것이다. 그러나 사람들은 이러한 사태라는 단어를 깊이 생각해 보지 않았기 때문에 세계를 하나의 일어나는 일이라고 생각해 하루를 대충 보낼 때가 많다. 실제로도 오늘 하루 대충 보냈다고 큰 바위가 움직이지 않으니 그렇게 생각할 수도 있다. 하지만 실제로 세계는 수많은 작은 사태들로 이루어져 있다. 그래서 나의 세계를 정확하게 이해하고 잘 활용하려면 인생 전체를 막연히 바라볼 게 아니라, 개별 사태들을 하나하나 분명히 봐야 한다. 아침에 일어났다는 사태, 커피를 마셨다는 사태, 출근했다는 사태, 동료와 대화했다는 사태. 이 모든 사태들을 봐야 한다. 그 이유는 이 사태들이 모여 나의 하루를 만들기 때문에 작은 것 같아 보여도 생각보다 큰 비중을 차지한다. 만약 당신이 지금 불행하다면, 그건 막연히 불행하다고 생각해야 할 게 아니라 어떤 사태인지 봐야 한다. 직장에서 인정받지 못한다는 사태, 친구와 싸웠다는 사태, 건강이 나빠졌다는 사태. 이 사태들을 하나하나 분명히 보면, 무엇 때문에 불행해졌는지 보이고, 또 무엇을 바꿔야 할지도 명확히 보이게 된다. 반대로 행복도 마찬가지다. 막연한 행복이 아니라, 좋은 사람들과 함께한다는 사태, 의미 있는 일을 한다는 사태, 건강하다는 사태. 이런 구체적인 사태들이 모여 행복한 세계를 만드는 것이다. 그래서 자신의 세계를 바꾸고 싶다면, 전체를 한 번에 바꾸려 하지 말아야 한다. 인생은 덩어리가 아니기에 하나하나의 사태를 놓고 보길 바란다. 그것들을 조금씩 파헤치고 또 방향을 바꿔가면 하루가 바뀌고, 하루가 모여 일 년이 바뀌고 그 일 년이 미래를 만들게 될 것이다.

"세계는 사태들로 분해된다."

004

자유를 만드는 논리적 사고

사태들이 모여 세계를 만든다는 것을 이해했다면 이제 우리는 더 깊은 질문을 해야 한다. 그 사태들은 도대체 어디에 존재하는가? 비트겐슈타인은 말했다. "사상은 사실들의 논리적 그림이다." 여기서 말하는 '사상'은 우리의 생각을 의미하고, '사실'은 세계에서 실제로 일어나는 상태·사태를 뜻한다. 쉽게 말해, 바둑판처럼 바둑돌이 놓일 수 있는 모든 자리가 미리 정해져 있듯이 사실들도 논리 공간 안에서만 자리를 잡을 수 있다는 것이다. 비트겐슈타인은 우리가 생각하는 방식 역시 세계의 구조를 논리적으로 반영한 하나의 '그림'이라고 보았다. 예를 들어 '사과가 빨갛다'는 사실은 논리 공간 안에 있다. 왜냐하면 사과는 빨갛기 때문이다. 하지만 '사과가 동시에 빨갛고 파랗다'는 것은 논리 공간 밖에 있다. 그것은 논리적으로 불가능하기 때문이다. 우리가 동시에 서울과 부산에 있을 수는 없고, 행복하면서 불행할 수도 없는 것처럼 말이다. 그런데 많은 사람들이 이 논리 공간을 무시하며 살아간다. 성공하고 싶지만 노력은 하기 싫다고 말하고, 건강하고 싶지만 운동은 귀찮아서 하기 싫다고 말한다. 무슨 심정인지는 이해는 되지만 실제로 논리 공간 안에서는 성립되지 않는 말이다. 그래서 일상 속에서 논리적으로 맞지 않는 것 중 무엇이 가능하고 무엇이 불가능한지를 분명히 구분하는 것이 중요하며, 그것이 바로 '사실들의 논리적 그림'이다. 그렇다면, 우리도 생각해 봐야 한다. 우리가 하루 동안 내뱉는 말과 마음속에서 스쳐 지나가는 생각들 중 얼마나 많은 것이 실제 논리 공간 안에서 성립하는가?현실에서 가능한 사태의 범위를 제대로 파악하지 못하면, 불가능한 기대를 세우고 스스로 좌절하는 악순환을 반복하게 된다. 반대로, 논리 공간의 구조를 인식하는 순간 비로소 무엇을 선택해야 하고 무엇을 포기해야 하는지가 명확해진다. 이는 제약을 의미하는 것이 아니라 오히려 자유에 가깝다. 논리적으로 성립하는 가능성을 정확히 알고 있을 때, 그것을 향해 나아갈 수 있는 힘을 얻게 된다. 결국 세계를 이해한다는 것은 내 생각이 어떤 틀 속에서 작동하는지를 이해하는 일이기도 하다. 그런 자각이 쌓일수록 행동은 더 선명해지고, 목표는 현실적인 계획으로 바뀌어간다. 또한 당신의 생각은 망상이 아니라 실제로 세계 속에 자리 잡는 하나의 '사실'이 될 것이다. 이제는 망상만 하지 말고, 논리적인 생각으로 당신의 인생을 설계하자. 그럼, 적어도 어제보다는 나은 내일을 맞이하게 될 것이다.

"사상은 사실들의 논리적 그림이다."

005

좋음이 아니라
어울림이 의미를 만든다

이제 우리는 사실과 사태를 넘어, 그것을 구성하는 가장 기본 단위로 들어가야 한다. 바로 '대상'이다. 비트겐슈타인은 이렇게 말했다. "원자적 사실 속에서 사물들은 사슬의 고리처럼 서로 걸려 있다." 그가 말한 원자적 사실은 더 이상 쪼갤 수 없는 사태를 말한다. 예를 들어 "컵이 책상 위에 놓여 있다"라는 장면을 떠올려 보자. 이때 세계를 구성하는 최소 단위는 사물 자체가 아닌, 두 사물이 서로 결합해 이루는 구조를 말한다.

여기서 컵이라는 단어를 책상과 따로 떼어 놓으면 그
저 하나의 물건이 되고, 책상만 바라보면 본래 말하려
던 문장의 의미는 없어진다. 그러나 컵이 "책상 위에 놓
여 있다"라는 관계가 성립하는 순간 하나의 완성된 사
실이 만들어진다. 이 사실은 더 나눌 수 없는 최소 단위
이기 때문에 '원자적 사실'이라 부를 수 있다. 이 단계
에서 사슬의 고리가 서로 맞물리며 하나의 길을 이루
듯, 사물들도 서로 걸림으로써 의미 있는 상태를 만들
어낸다는 뜻이다. 그러나 비트겐슈타인이 강조하고자
한 것은 대상들도 서로 맞물려 사태를 이루는데 그 결
합 방식이 달라지면 완전히 다른 사실을 만들어낸다는
것이다. 컵이 책상 위에 있는 것과 컵이 책상 아래에 있
는 것은 책상과 컵이라는 같은 대상들을 가지고 있지
만, 전혀 다른 사태를 만들어 낸다는 것이다. 오늘날 우
리는 이 점을 경계해야 한다. 사람들은 좋은 대상들만
모이면 좋은 것이 될 거라고 생각한다. 좋은 사람, 좋은
물건, 좋은 환경. 하지만 정작 중요한 것은 그 대상들이
어떻게 결합되어 있는가다. 회사에 능력 있는 사람들만

가득 데려와도, 그들이 협력하지 않으면 좋은 결과가 나오지 않는 것처럼 말이다. 즉, 아무리 좋은 것을 가졌고, 좋은 말을 한다고 한들 그 대상들이 잘 맞물리지 않는다면 그건 소용이 없어진다는 것이다. 언어도 마찬가지다. 아침에 "고마워요", "괜찮아요", "힘내세요"처럼 좋은 말만 골라 쓰더라도, 말하는 톤이나 상황과 맞지 않으면 오히려 어색해질 때가 있다. 바쁜 사람에게 느릿하게 "힘내세요…"라고 말하면 진심이 전달되지 않고, 사과가 필요한 순간에 "내가 잘못하긴 했지만, 너도~ 이랬잖아"와 같은 말을 하면 더 오해가 생기게 된다. 일상에서 사슬의 고리처럼 서로 걸리게 되지만, 그 결합 방식이 잘못되면 완전히 다른 사실을 만들어낼 것이다. 그래서 좋은 말보다 중요한 것은 그 말이 어떤 순간에, 어떤 사람에게, 어떤 방식으로 결합해 나오는가다. 그것들이 어떻게 연결되어 있는지 잘 봐야 한다. 이 외에도 당신의 일과 당신의 취미가 맞물려 있는지, 당신의 인간관계가 서로 이해관계가 조화를 이루는지, 당신의 목표와 당신의 행동이 일치하는지 등 대상들이 제대로 맞물려 있는지를 보아야 한다. 아무리 좋은 것들을 가져도 서로 잘 맞물려 있지 않다면 삶은 산산조각 난다. 반대로 적은 것이라도 제대로 맞물리면, 그것은 견고한 사슬이 되어 당신을 지탱할 것이다. 당신이 명심해야 할 것은 더 많은 것을 얻는 게 아니라, 가진 것들을 제대로 연결하는 것이다. 관계를 맺고, 의미를 만들고, 조화를 이루는 것. 그럴 때 비로소 당신의 삶은 더 나은 삶을 맛볼 수 있을 것이다.

**"원자적 사실 속에서
사물들은 사슬의 고리처럼 서로 걸려 있다."**

Chapter. 02

언어는 세계의 그림이다

Wittgenstein

언어는
현실을 그린다

이제 우리는 세계가 무엇인지 알았다. 세계는 사실들의 총체이고, 그 사실들은 대상들이 결합한 사태들로 이루어져 있으며, 그것들을 내가 어떻게 결합하는지에 따라 달라진다. 그렇다면 우리는 어떻게 그 세계를 표현하는지도 알아야 한다. 먼저 이해를 위해 카메라로 비유를 해보겠다. 카메라로 사진을 찍으면 우리 눈앞에 있는 것을 그대로 담아낼 것이다. 좋은 카메라일수록 더욱 선명하고 많은 색감을 담아낸다. 이처럼 비트겐슈타인은 우리가 말하는 '명제'도 사진처럼 세상을 담아내다고 보았으며 이를 이렇게 말했다. "명제는 실재의 그림이며, 명제는 우리가 생각하는 실재의 모형이다." 여기서 말하는 명제란, 어떤 상황에 대해 "이렇다"라고 판단한 내용을 말이나 기호로 표현한 것이다. 다시 말해, 우리가 어떤 사실을 보고 그것이 맞는지 틀리는지 말할 때 쓰는 문장이라고 이해하면 된다. "창밖에 비가 내린다"라는 문장을 생각해보자. 이 문장은 바깥에 비가 오는 상황을 말로 재현한 것이다. 하늘에서 물방울이 떨어지고, 도로와 지붕이 젖어 있는 사태가 존재하고, 그 사태를 언어가 논리적으로 배열해 담아낸 것이다. 이는 문장이 세계의 한 장면을 포착하고, 그 장면을 있는 그대로 보여주려는 방식으로 작동하기 때문이다. 비트겐슈타인은 이것을 그림에 비유한 이유는, 우리의 언어와 사고가 바로 이런 그림의 역할을 하기 때문이다. "책상 위에 연필이 있어"라는 말은 책상과 연필이 실재로 있는 것이 아닐지라도, 그 말을 들으면 우리는 그것들이 놓여 있는 모습을 머릿속에서 상상하게 만든다. 만약 친구에게 "학교 앞 분식집에서 만나자"라고 말한다고 했을 때, 친구는 그 장소를 머릿속으로 생각하고 약속 시간에 맞춰 그곳에 찾아갈 것이다. 그러나 반대로 "저기 그 어디쯤에서 만나"라고 애매하게 말한다면 친구에게 명확한 그림을 그려주지 못했으니 헷갈려 할 것이다. 우리의 생각과 말은 명제로써 세상의 그림을 그리고 있는 셈이다. 여기서 우리가 중요시해야 할 점은 어떤 명제로 내 세계에 어떤 그림을 그리느냐에 따라 우리의 미래가 바뀔 수 있다는 점이다. "나는 운동을 할 수 있어"라고 말하는 것과 "나는 운동을 못해"라고 말하는 것은 완전히 다른 그림을 그린다. "나는 미래를 위해 일을 하고 있어"라고 말하는 것과, "나는 회사의 노예야"라고 말하는 것과 완전히 다른 그림을 그린다. 이처럼 내가 뱉는 말이 지금 내가 하고 있는 일을 그리고 그 그림은 내 기억 속에 저장된다. 그 말이 더 구체적이고 확실할수록 그것에 가까운 행동과 생각을 하게 될 것이다. 즉, 긍정적인 말은 희망찬 미래를 그릴 것이고, 부정적인 말은 어두운 미래를 그릴 것이다. 우

리의 모든 말과 생각은 세상을 그려내는 특별한 힘이
다. 그러니 늘 부정적이고, 어두운 그림만 그렸다면 오
늘부터라도 아름답고 멋진 그림을 그려보자. 오늘 당신
이 그리는 그림이 바로 당신의 미래가 될 것이다.

**"명제는 실재의 그림이며,
우리가 생각하는 실재의 모형이다."**

002

언어가 세계를
표현하는 방식

　명제가 현실의 그림이라는 것을 알았다면, 이제 우리는 더 중요한 질문을 해야 한다. 어떻게 그림이 현실을 묘사할 수 있는가? 비트겐슈타인은 이렇게 말했다. "그림이 현실을 묘사하려면, 그림은 현실과 무언가를 공통으로 가져야 한다." 이 말을 이해하기 위해 지도를 생각해 보자. 지도가 실제 땅을 나타낼 수 있는 이유는 지도와 땅이 같은 구조, 같은 형식을 공유하기 때문이다. 서울이 부산보다 북쪽에 있다면, 지도에서도 서울이 부산보다 위쪽에 그려진다. 또 산을 산처럼 보이려면, 색채나 형태가 어느 정도 산의 구조를 닮아 있어야 한다. 아무리 화려하게 그려놨더라도 현실의 윤곽과 연결되지 않으면 산이라는 의미를 전달할 수 없다. 비트겐슈타인은 언어도 이 원리를 따르는 도구로 보았다. 문장이 세계를 표현할 수 있는 이유 역시 문장 속 단어들의 배열과 세계 속 대상들의 관계 구조와 어느 정도 공통점이 있기 때문이다. 그래서 표현이 힘을 가지려면 표현과 현실 사이에 반드시 공유된 질서가 있어야 한다는 점이 그의 핵심 주장이었다. 이는 우리가 인생을 살아가면서 중요하게 여겨야 하는 철학이기도 하다. 사람들이 타인과 소통에 실패하는 이유가 자신의 말이 현실과 같은 형식을 공유하지 않을 때가 많다. "나는 너를 사랑해"라고 말하면서, 한 달이 지나도 만나지 않았다면 말의 구조와 현실의 구조가 일치하지 않는다. "네가 잘 됐으면 좋겠어"라고 말하면서 은근히 그 일을 방해하는 행동을 한다면 이 또한 일치하지 않는다. 우리의 말은 행동과 같은 형식을 공유해야 한다. 사람들은 말을 현실로 만드는 사람을 좋아한다. "약속한다"고 말하면 정말 지키고, "노력하겠다"고 말하면 정말 노력하는 사람은 신뢰를 얻는다. 반대로 아무리 좋은 말을 하는 사람도 행동이 다르면 결국 멀어지게 되어 있다. 그래서 말이 현실이 되게 하려면 당신의 언어가 현실과 같은 형식을 가지도록 해야 한다. 말할 때는 행동할 준비가 되어 있어야 하고, 생각할 때는 실천할 의지가 있어야 한다. 지금 잘 살아가고 있다고 믿는다고 해서, 현실 속에서 사는 건 아니다. 말과 행동이 맞아떨어져야 정말 현실을 사는 사람이다. 만약 당신이 아무리 노력해도 삶이 변하지 않는다면, 자기 말과 행동이 일치하는지 그리고 공통적인 삶을 사는지 생각해 보아라. 대부분 일치하지 않는 삶을 사는 사람은 열심히 생각하고, 무언가를 해도 아무것도 해낸 것이 없을 것이다. 그러니, 현실에 보이는 결과와 증거들을 보고 싶다면 자신의 그림이 현실이 되게 같은 구조, 같은 형식을 공유하라.

"그림이 현실을 묘사하려면,

그림은 현실과 무언가를 공통으로 가져야 한다."

003

생각의 무게를 줄이는
가장 확실한 어법

지금까지 우리는 그림과 언어가 현실을 묘사한다는 것을 배웠다. 이제 한 걸음 더 나아가 사상에 관해 이야기해야 한다. 비트겐슈타인은 이렇게 말했다. "사상은 의미 있는 명제이다." 이 말은 앞서 말한 "사상은 사실들의 논리적 그림이다"라는 말과 비슷하게 보이지만, 비트겐슈타인은 조금 다른 방향을 말하고 있다. 전자의 "사상은 사실들의 논리적 그림이다"라는 말은 사상이 무엇을 담고 있는가를 설명한다. 예를 들어 "비가 온다"

라는 생각은 실제 바깥에서 벌어지는 사태를 그대로 머릿속에 그리는 것처럼 사상이 현실의 구조를 그려낸 그림이라고 말한 것이고, 후자의 "사상은 의미 있는 명제이다"라는 말은 사상이 어떤 모습으로 존재하는가를 설명한 것이다. 여기서 말하는 사상이란 "참인지 거짓인지 말할 수 있는 생각"이다. 쉽게 말해 마음속에서 떠오르는 생각이더라도 문장처럼 판단 구조를 갖추고 있으면 그게 사상인 것이다. 즉, 사상은 두 가지 역할을 동시에 수행한다. 하나는 현실을 머릿속에서 재구성하는 '그림'의 역할이고, 다른 하나는 그 그림의 진위를 판단할 수 있는 '명제'의 역할이다. 즉 마음속에서 어떤 장면을 그려낸 뒤, 그 장면이 실제와 맞는지 판단하는 것을 사상의 두 가지 경우라고 볼 수 있다. 그러나 우리가 여기서 주목해야 할 것은 비트겐슈타인이 말한 '의미 있는 명제'라는 점이다. 의미 없는 말은 생각이 아니다. "둥근 사각형", "있으면서 없는 것"이라는 명제는 의미 없는 생각이다. 왜냐하면 둥근 사각형이란 없고, 있으면서 없는 것이란 없기 때문이다. 그래서 비트겐슈타인은 사람들이 생각이 많은 이유가 의미 없는 생각을 의미 있는 생각으로 착각하기 때문이라고 보았다. 예를 들어, 누군가 늦게 답장을 보냈다는 이유만으로 "화났나?", "나 싫어하나?", "뭔 일 있나?" 같은 생각이 계속 떠오를 때가 있다. 하지만, 이 생각들은 실제 사실과 연결되지 않은 추측일 뿐이다. 상대가 회의 중일 수도 있고, 휴대전화가 멀리 있을 수도 있는데, 우리는 그 단순한 것을 놓치고 머릿속에서 의미 없는 그림을 크게 만들어 버린다. 의미 없는 생각이지만 스스로 그 생각을 '의미 있는 판단'처럼 취급하기 때문에 마음이 불안해지고 세계가 흐려진다는 것이다. 결국 사상처럼 보이지만 사실과 연결되지 않은 공허한 그림이 마음을 지배하는 것이다. 우리는 이런 생각을 조심해야 한다. 살다 보면 유독 "이 사람이면 진짜 해낼 것 같다"라는 생각이 드는 사람들을 보면 그들은 의미 있는 명제만을 생각하고 말한다. "내가 이것을 하면 저것이 될 것이다"라는 말처럼 논리적으로 가능한 것만을 말한다는 것이다. 반대로 실패하는 사람들은 의미 없는 명제 속에서 자꾸 추측만 얘기한다. "언젠가 운이 좋아져서 부자가 될 거야"처럼 논리적 근거가 없는 말들이다. 그래서 생각이 많다면 명심해야 할 것은 의미 있는 것과 의미 없는 것을 점검해야 한다. 내가 떠올리는 생각이 의미 있는 명제인가? 현실에서 가능한 것인가? 생각해 봐야 한다. 그리고 만약 그렇다면 그 생각을 발전시키면 되고, 반대로 아니라면 과감히 버려야 한다. 우리는 생각하지 않아도 될 말들을 너무 깊이 생각하고, 생각해야 할 말을 대수롭지 않게 넘기는 경우가 많다. 그래서 생각할 때 내가 생각하는 것이 의미가 있는 것인가를 늘 생각하며, 필요하지 않은 생각들을 내려놓는 연습을 해보길 바란다. 그럼, 복잡한 머릿속이 한결 가벼워질 것이다.

"사상은 의미 있는 명제이다."

004

현실을 살지 않는 사람들의 공통된 오류

우리는 의미 있는 명제에 대해 알게 되었다. 그렇다면 어떤 명제가 참이고 어떤 명제가 거짓인지 구분할 기준이 필요하다. 비트겐슈타인은 "명제가 참이 되기 위해서는, 사태가 명제가 말하는 그대로 존재해야 한다"고 말했다. 예를 들어 "눈이 온다"는 명제가 참이 되려면 실제로 눈이 내려야 하고, "바닥에 컵이 있다"는 명제가 참이 되려면 실제로 그 자리에 컵이 있어야 한다. 이처럼 명제가 설명한 상태가 현실에 그대로 존재해야 한다는 뜻이다. 그런데 그거 아는가? 이는 우리가 일상에서 충분히 인지할 수 있는 논리임에도 이 단순한 기준을 두고, 보고 싶은 내용은 참이라 여기고 듣기 싫은 내용은 거짓이라 단정하는 경우가 많다. 이를테면 월급 인상을 앞두고 "나는 요즘 성과가 좋다"라고 스스로 말하면서도, 실제 지표는 개선되지 않은 상황을 떠올릴 수 있다. '성과가 좋다'는 명제는 현실 속 성과가 좋아야 참인데, 누구나 할 수 있는 일을 하면서 그저 자기 기준에서 열심히 했다고 판단해 월급을 인상해 주지 않는 것에 화를 낸다. 이는 거짓된 명제다. 인간관계에서도 비슷한 일이 발생한다. 상대방의 표정이 좋지 않거나, 말을 못 들었을 수도 있는 건데 "저 사람은 나를 싫어한다"고 쉽사리 단정하는 순간 그 사람의 인간관계는 거짓된 관계만 맺게 된다. 이처럼 명제의 참·거짓은 늘 현실에 의해 결정되지만, 우리는 종종 그 현실을 보지 않고 해석부터 서두르는 경향이 있다. 자기 멋대로 참과 거짓의 기준을 만드는 것이 습관이 된 사람들은 자기합리화하기 위한 말들을 습관처럼 되풀이

한다. 이는 자신도 모르게 자기를 속이는 기만에 가깝다. 그러나 안타깝게도 진실은 협상의 대상이 아니고, 현실은 희망이나 바람에 맞혀 바뀌지 않는다. 그렇기에 이들이 사는 세상은 그리 밝지는 않을 것이다. 밝지 않은 세상에서 벗어나기 위해서는 자신의 말이 참인지 거짓인지 파악할 줄 알아야 한다. 예를 들어 "나는 인간관계가 좋은 편이다"라고 말한다면, 사람들이 실제로 나를 좋아하는지, 내 말에 호응하는지, 혹은 불편해하는지 확인하면 된다. 또 내 생각이 맞는지 알고 싶다면 사람들에게 물어보면 되고, 내 믿음이 옳은지 궁금하다면 증거를 찾으면 된다. 정말 단순하고 당연한 말 같지만, 생각보다 이렇게 현실적인 것을 확인하지 않고, 자기 마음대로 해석하고 판단 내리는 사람들이 많다. 이런 확실한 사고를 하지 않으면 객관적으로 자신을 보는 것은 불가능하며, 자기합리화와 거짓된 삶에 머무르게 된다. 반대로 한 번이라도 "내 말이 사실과 일치하는가?"를 점검한 사람은 삶이 자연스럽게 바뀐다. 상대방과의 오해가 풀리고, 자신의 주제를 알게 되어 무엇을 고쳐야 하고, 어떻게 해야 하는지 자연스레 알게 된다. 그래서 삶과 언어가 어긋나는 사람은 자신이 뱉는 명제를 현실과 대조해 보아야 한다. "내가 말하는 것이 사실과 맞는가?", "내가 믿는 것이 현실에서도 확인되는가?"라는 질문을 스스로에게 던지는 순간부터 사고의 무게가 달라질 것이다. 만약 일치하지 않는다면, 말과 생각을 고치거나 현실을 바꾸기 위한 행동을 시작해야 한다. 그래야만 명제와 세계가 서로 연결되고, 더 이상 모순적인 삶을 살지 않게 된다. 물론, 이 과정을 겪을 때는 불편할 수도 있다. 내 믿음이 틀렸다는 사실을 인정해야 하고, 때로는 부끄러운 부분을 직면해야 한다. 그러나 이 불편함을 피하면 영원히 같은 자리에서 맴돌 뿐이다. 반대로 한 번이라도 "내가 보는 세계와 내가 말하는 세계를 맞추겠다"라고 결심한 사람은 어느 순간 태도가 달라지고, 행동이 달라지고, 선택이 달라진다. 그리고 그 변화는 결국 삶 전체를 바꿔놓는다. 진실은 도망가지 않는다. 현실은 언제나 눈앞에 놓여 있고, 그 현실을 그대로 인정한 사람만이 세계가 두 팔 벌려

맞이할 것이다. 거짓된 삶을 살지, 현실을 살지는 자신
이 정하는 것이다. 그러니, 한시라도 빨리 자신의 말과
현실이 일치하는지 객관적으로 대조해 보며 살길 바란
다. 본인만 모를 뿐 사람들은 느낌으로라도 모순된 모
습들을 느낄 것이다.

**"명제가 참이기 위해서는,
사태가 명제가 말하는 그대로 존재해야 한다."**

005

불확실한 말에 갇힌 사람들의 공통된 언어 습관

명제의 참과 거짓을 배웠다면, 이제 특별한 종류의 명제를 다뤄야 한다. 바로 동어반복이다. 비트겐슈타인은 이렇게 말했다. "동어반복의 진리는 확실하며, 명제들의 진리는 가능하다." 동어반복이란 항상 참인 명제다. "내일 날씨는 좋거나 나쁘다"라는 명제를 보자. 이 명제는 날씨가 좋아도 참이고, 날씨가 좋지 않아도 참이다. 왜냐하면 모든 가능성을 다 포함했기 때문이다. 하지만 동어반복에는 어떤 정보도 제대로 주지 않는다는 문제가 있다. 날씨가 좋을 수도 있고, 안 좋을 수도 있는데 확실한 답을 주지 않는다는 것이다. 이러한 문제는 우리 일상에서 쉽게 볼 수 있다. 예를 들어 "노력하면 성공하거나 실패한다"라는 문장은 틀린 말은 아니지만, 아무런 정보를 주지 못한다. "이 일은 잘 될 수도 있고, 안 될 수도 있다"라는 표현일 뿐, 나의 선택이나 행동을 이끄는 데 도움이 되지 않는다. 그럼에도 사람들은 이런 확실하지 않은 문장을 자주 사용하며, 이도 저도 아닌 삶을 이어가곤 한다. 그래서 우리는 동어 반복에 가까운 말보다, 비록 틀릴 가능성이 있을지라도 확실한 명제를 사용하는 태도가 필요하다. "내일 비가 올 거 같아"라고 말했을 때 그 예측이 틀릴 수는 있지만, 최소한 우산을 준비해 스스로를 보호할 수 있다. 불확실한 말을 반복하는 것보다, 구체적인 언어를 사용하고 그 판단에 따라 행동하는 태도가 삶에 훨씬 실질적인 변화를 만든다는 것이다. 그렇기 때문에 인생을 보다 현명하게 살아가려면 "나는 이것을 할 것이다"라는 구체적 문장을 스스로에게 말하는 것이 중요하다.

그 결정이 틀릴 수 있어도, 그 과정에서 얻는 경험은 결국 나를 성장시킨다. 만약 자신의 삶이 늘 평범하고 변화가 없다고 느껴진다면, 무심코 동어반복을 사용하고 있지 않은지 돌아볼 필요가 있다. 특히 선택을 잘하지 못하는 사람일수록 이런 언어 습관에 갇혀 있을 가능성이 높다. "열심히 하면 되겠지"라는 막연한 말, "나중에 보면 알겠지"라는 책임을 뒤로 미루는 말은 겉으로는 우유부단한 태도처럼 보이지만, 실제로는 아무것도 바꾸지 못하는 나를 망치는 언어 습관이다. 틀리더라도 확실하게 말하고, 그 말에 따라 움직여야 한다. 진짜 변화는 언제나 구체적인 명제에서 시작된다. "나는 매일 두 시간 공부하겠다", "나는 이번 달 안에 이 일을 끝내겠다"와 같은 문장을 내 삶에 적용하는 사람이 되길 바란다. 그 순간부터 당신의 말은 당신의 세계에 직접적인 영향을 미치기 시작할 것이다.

"동어반복의 진리는 확실하며,
명제들의 진리는 가능하다."

Chapter. 03

생각할 수 없는 것은 말할 수도 없다

Wittgenstein

큰 문장 속에 숨어 있는
작은 사실들

세상에 하고 싶은 것들이 없어서 고민인 사람도 많지만, 하고 싶은 것이 많아 고민인 사람도 많다. 특히, 하고 싶은 것이 많은 사람은 무엇부터 시작해야 할지 몰라 난감해하는데 이렇게 생각이 많은 사람들에게 비트겐슈타인은 매우 중요한 말을 했다. "명제는 요소 명제들의 진리 함수이다." 뜻을 이해하기 위해 '요소 명제'라는 말을 먼저 보자. "비가 오고, 나는 우산을 썼다"라는 문장을 보면 여기에는 두 개의 명제가 들어 있다. 첫 번째는 "비가 온다" 두 번째는 "나는 우산을 쓴다" 이렇게 여러 개의 작은 문장으로 쪼갤 수 있는 명제를 요소 명제라 한다. '진리 함수'란, 여러 명제의 참과 거짓이 조합되어 새로운 명제를 만드는 논리적 방식이다. 예를 들어, A = 참, B = 거짓일 때, "A 그리고 B = 거짓"이 되지만, "A 또는 B = 참"이 결정되는 것을 진리 함수라 부른다. 즉, 쓰임에 따라 말이 되기도 하고 안 되기도 하는 여러 요소 명제들이 있는데 그 명제가 참인지 결정하는 것은 그 속에 포함된 더 작은 명제들의 여부에 따라 참과 거짓이 결정된다는 뜻이다. 예를 들어 "나는 요즘 자기 관리를 열심히 하고 있다."라고 했다고 하자. 이 문장은 하나의 큰 주장처럼 보이지만, 실제로는 여러 개의 작은 사실들의 조합으로 이루어지는데 이때 우리는 그 작은 사실들이 실제로 성립하는지를 확인함으로써, 큰 문장이 참인지 거짓인지 판단할 수 있다. 그 내용을 요소 명제로 나누면 다음과 같다.

1. "아침에 제시간에 일어났다."

2. "해야 할 업무를 제때 처리했다."

3. "운동을 일주일에 세 번 이상 했다."

이 세 가지가 모두 실제로 이루어졌다면, "나는 요즘 자기 관리를 열심히 하고 있다."라는 말은 참이 될 수 있다. 그러나 이 중 한두 가지가 현실에서 지켜지지 않았다면, 문장은 자연스럽게 거짓에 가까워진다. 이처럼 내가 하는 말을 여러 명제로 쪼개서 보았을 때, 내가 하고자 한 말이 참인지 거짓인지 구별 가능하다는 것이다. 이는 우리의 삶에서도 적용할 수 있다. 꼭 나열하는 문장이 아니더라도 "성공하고 싶다", "행복하고 싶다", "인정받고 싶다"라고 생각했을 때, 성공한다는 것은 무엇인가? 행복하다는 것은 무엇인가? 인정받는다는 것은 무엇인가? 각각을 분해해서 보면, 그것이 정말 가능한 것인지, 내가 정말 원하는 것인지 알 수 있게 된다. 그래서 때로는 복잡한 것을 단순하게 쪼갤 때, 진실이 보이게 된다. "나는 열심히 살고 있어"라는 명제도 실제로 무엇을 하고 있는가? 매일 몇 시간을 투자하는가? 구체적으로 어떤 노력을 하는가? 이렇게 분해해 보면, 그 명제가 참인지 거짓인지 금방 드러나게 된다. "나는 좋은 사람이야"라는 명제도 마찬가지다. 좋은 사람이란 무엇인가? 남을 배려하는가? 약속을 지키는가? 정직한가? 각각을 단순 명제로 만들어 확인하면, 내가 정말 좋은 사람인지 알 수 있다. 사람들이 쉽게 자신만의 생각에 빠지는 이유는 복잡한 명제를 그대로 둔 채로 "나는 잘하고 있어"라는 막연한 말을 믿기 때문이다. 비트겐슈타인이 말한 방법은 우리가 합리화하며 현실을 왜곡할 때 현실을 직시할 수 있도록 도움을 준다. 만약 당신이 어떤 주장을 듣거나 스스로 무언가를 말할 때도 그것이 정말 참인지 거짓인지 알고 싶다면 단순 명제로 쪼개면 된다. 이렇게 구체적으로 바라볼 때 더욱 나은 삶을 살 확률이 높으며, 무엇인가를 할 때 생각만 하다가 그만두지 않고 실행할 수 있는 사람이 된다. 그러니 무엇이든 해내는 사람이 되고 싶다면 모든 조각을 참이 되게 만들어라. 이 방법을 쓰면, 거짓말과 망상이 더 이상 당신을 속일 수 없을 것이다.

"명제는 요소 명제들의 진리 함수이다."

말할 수 있는 것의
한계

비트겐슈타인은 말했다. "명제는 무엇이 그러한가를 보여줄 수 있지만, 무엇이 공통적인가는 보여줄 수 없다." 이 말은 언어가 할 수 있는 것과 할 수 없는 것의 경계를 설명한 문장이다. 먼저 명제는 "비가 온다", "꽃이 빨갛다", "개가 짖는다"처럼 어떤 사실이 실제로 어떻게 일어나고 있는가를 말해준다. 즉, 세계 안에서 하나의 사태가 어떤 모습으로 이루어지는지 보여줄 수 있다. 이것이 "무엇이 그러한가"를 보여준다는 뜻이다.

그런데 언어는 자기 자신에 대해 말할 때 한계에 부딪히게 된다. 언어가 어떻게 현실을 묘사하는지, 언어와 현실이 어떤 구조를 공유하는지 같은 질문에 설명할 수 없다는 것이다. 마치 눈이 거울 없이 자기 모습을 볼 수 없듯, 언어도 스스로의 형식과 작동 원리 같은 더 근본적인 공통 구조는 말할 수 없다. 예를 들어 "사과는 빨갛다"라고 말할 수는 있지만 "빨강이란 무엇인가"를 설명하려고 하면 사람들은 어려워한다. 특히 빨강을 본 적이 없는 사람에게 빨강을 말로 설명하려고 한다면 그건 절대적으로 불가능하다. 빨강은 보일 수 있을 뿐, 말해질 수 없는 것이기 때문이다. 이것이 언어의 한계다. 그러나 사람들은 모든 것을 말로 표현하려고 애쓴다. 사랑이 무엇인지, 행복이 무엇인지 말로 구체적으로 눈앞에 보였으면 한다. 하지만 정말 누군가를 사랑한다면, 사랑이 무엇인지 굳이 말로 정의하지 않아도 그 사랑은 표정과 행동으로 다 티가 나게 되어 있다. 또 행복하다면, 인생이 행복하기 때문에 행복을 정의할 필요가 없다. 이처럼 인생에는 말로 설명할 수 없는 것들이 있다. 어떤 감정, 어떤 소망, 어떤 불안은 명제로 표현되지 않고 그저 드러날 뿐이다. 그래서 말이 막히는 순간이 찾아와도 그것을 붙잡고 계속 고민하기보다 인간이 가진 자연스러운 한계라고 생각하고, 표현되지 않는 그 언어 속에도 분명히 무언가가 느껴지고 있다는 것을 명심해야 한다. 꼭 중요한 결정만 그런 것이 아니다. 우리가 매일 하는 작은 선택들도 어떤 선택은 명확한 이유로 설명되지만, 어떤 선택은 "그냥 그러고 싶어"라는 마음이 들 때가 있다. 그럼, 그렇게 일단 해보면 된다. 그것이 낭만이고, 사랑이고, 행복일 때가 대부분이기 때문이다. 복잡하게 이렇게 해야 하나, 저렇게 해야 하나 생각하지 말자. 30분을 고민해도 답이 나오지 않는 것이라면 한계에 부딪힌 결론일 수도 있으니, 그것을 정의하려 들기보다 그저 의미 있게 살아가도록 해라. 때론, 내 언어의 한계를 인정할 때, 비로소 언어 너머의 또 다른 가치를 볼 수 있게 될 것이다.

"명제는 무엇이 그러한가를 보여줄 수 있지만,

무엇이 공통적인가는 보여줄 수 없다."

의심의 순서를 바꾸면
성장의 속도가 달라진다

"나는 생각한다. 고로 존재한다"라는 명언을 한 번쯤 들어 봤을 것이다. 이는 철학자 데카르트가 "의심할 수 없는 것을 찾을 때까지 모든 것을 의심해야 한다"라는 그의 사상에서 시작해 끝내 도달한 결론이었다. 하지만 비트겐슈타인은 전혀 다른 관점을 제시한다. 그는 이렇게 말했다. "만약 네가 모든 것을 의심하려 한다면, 아무것도 의심할 수 없게 된다." 예를 들어 "이것이 정말 내 손일까?"라고 의심한다고 하면, 생각보다 많은 것을 생각해야 한다. "손"이라는 개념을 알아야 하고, "나"가 무엇인지 알아야 하며, 의심한다는 것이 무엇인지도 알아야 한다. 이렇게 맹목적으로 언어가 의미하는 바를 의심하고, 생각이 무엇인지 의심하고, 존재 자체를 의심한다면 혼란을 야기할 뿐이다. 비트겐슈타인이 말하고자 한 것도 이것이다. 우리의 모든 지식에는 기초가 있고, 그 기초를 처음부터 의심하지 말아야 한다. 은행에 간다고 해보자. 창구 직원이 당신의 이름을 확인할 것이다. 그때 "내 이름이 정말 이것일까?"라고 의심한다면 은행 일을 볼 수 없을 것이다. 버스를 탈 때도 "이 버스가 정말 버스일까?" 의심한다면 절대 버스를 탈 수 없을 것이다. 그래서 비트겐슈타인은 "의심은 확실성을 전제로 한다"라고 말했다. 의심에도 때와 장소가 있으며, 이를 제대로 아는 것이 중요하다. 의심은 집을 다듬는 과정과 같다. 우리가 쌓아가는 지식이 단단한 '토대'라면, 의심은 그 토대를 점검하는 '도구'다. 그런데 이 도구를 처음부터 토대를 부수는 데 사용하면, 집은 완성되기 전에 무너질 수밖에 없다. 따라서 의심은 배움을 방해하는 힘이 아니라, 배운 뒤에 더 확실하게 다듬도록 돕는 역할을 해야 한다. 지혜로운 사람은 모든 것을 의심하는 사람이 아니다. 의심해야 할 것과 받아들여야 할 것을 구분할 줄 아는 사람이다. 하지만 많은 사람들은 너무 일찍, 너무 많은 의심을 품는다. 조금 낯설거나 이해되지 않는 것만 만나도 "저게 맞나?", "혹시 내가 틀린 건가?" 하며 끝없이 거리만 둔다. 그러나 토대 없이 하는 의심은 혼란을 낳을 뿐이며, 결국 제자리에서 맴도는 삶을 만든다. 이런 실수를 범하지 않기 위해서는 비트겐슈타인이 말했듯 확실성 위에서 의심하는 태도를 가져야 한다. 그 기반 위에서 필요한 부분만 정확히 의심할 때 비로소 성장이 가능해진다. 이는 우리의 일상에서도 매우 중요하다. 특히, 누군가의 조언을 들을 때가 그렇다. 먼저 왜 그런 말을 하는지 이해하고, 내가 아는 것과 어떻게 연결되는지 살펴본 뒤, 그다음에 필요한 범위에서 의심하면 된다. 그런데 처음부터 "해보지도 않았으면서 말만 하네"라고 생각한다면 절대 성장할 수 없다. 이런 태도는 배움의 기회를 스스로

차단하는 것과 같다. 반대로 의심의 순서를 지킬 줄 아
는 사람은 먼저 배우고, 그다음에 필요한 만큼만 의심
한다. 그래서 배움의 속도가 다르고, 판단 또한 쉽게 흔
들리지 않는다. 만약 지혜로운 사람이 되고 싶다면, 의
심부터 앞세우기보다 먼저 배우는 사람이 되어야 한다.
그래야 스스로 세운 토대 위에서 더욱 단단하게 앞으
로 나아갈 수 있을 것이다.

**"만약 네가 모든 것을 의심하려 한다면,
아무것도 의심할 수 없게 된다"**

004

좋은 답은 언제나
좋은 질문에서 나온다

우리는 토대가 있어야 의심할 수 있다는 사실을 이해하게 되었다. 그렇다면 이러한 의문도 떠오른다. 토대를 무너뜨리지 않고 의심하라고 한다면, 질문은 어떻게 시작해야 하는가? 이에 비트겐슈타인은 이렇게 말했다. "질문은 그에 대한 대답의 가능성 안에서만 의미를 가진다." 그는 질문이 의미를 가지려면 대답이 가능할 조건과 규칙이 먼저 전제되어야 한다고 보았다. 이 점을 이해하기 위해 예를 들어보자. "이 도시는 어린이들이 살기 좋은가?"라는 질문에는 이미 답할 수 있는 틀이 존재한다. 교통, 치안, 물가, 환경 등 평가 기준이 명확하기 때문이다. 그러나 "이 도시는 왜 존재해야만 하는가?"와 같은 질문은 그저 말이 되는 질문일 뿐, 실제로는 의미가 불분명한 문장에 가깝다. 이처럼 대답의 가능성을 어렵게 만드는 질문은 막연한 고민만 증가시킨다. 즉, 질문은 궁금증만 담는 것이 아닌, 언어적으로 '답할 수 있는 길'을 포함해야 한다. 그렇게 대답이 가능해져야 질문도 명확해지고, 구체적인 사고를 할 수 있게 된다. 이런 그의 철학은 오늘날 우리에게 큰 도움이 된다. 옛날에는 선택지가 없어 질문을 하나밖에 하지 못했다면, 오늘날 사람들은 선택지가 너무 많아 제대로 된 질문을 하지 못한다. 그래서 사람들은 답을 찾지 못할 때 답이 어려워서 찾지 못한다고 생각한다. 하지만 어려워서 답을 찾지 못하는 것이 아니라, 질문의 형태가 잘못된 경우가 많다. 예를 들어 "나는 왜 이렇게 살아야 하는가?"라는 질문은 너무 큰 범위를 담고 있기 때문에 어디서부터 답을 찾아야 할지 막막하다. 하지만

"내가 지금 불편하게 느끼는 것은 무엇인가?", "지금과 다른 삶을 살기 위해 어떤 선택을 할 수 있는가?"와 같이 대답할 수 있는 형태로 질문을 바꾸면 현실적인 사고를 할 수 있게 된다. 취미를 찾을 때도 동일한 원리가 적용된다. "나는 왜 취미가 없을까?"라는 질문은 애매모호하기에 가능성을 찾기가 어렵다. 하지만, 이 질문에 대한 답할 가능성을 가지려면 "나는 몸을 쓰는 활동을 좋아하는가?", "혼자 하는 걸 선호하는가?"라는 질문처럼 범위를 좁히면 금방 방향이 보인다. 결국 질문이 대답할 수 있는 문장일수록 답은 훨씬 쉬워진다. 그래서 인생에서 답을 찾지 못할 때는 "나한테는 너무 어려운가?"라고 생각하기보다 "내가 대답할 수 있는 질문을 하고 있는가"를 먼저 생각해 봐야 한다. 이런 질문 방식이 별것 아닌 것 같아도 분명한 기준을 만들고, 그 기준이 다시 나의 관점을 바꾼다. 답을 찾는 능력보다 중요한 것은 질문을 제대로 하는 능력이다. 제대로 된 질문은 이미 절반의 답을 품고 있다. 만약 지금 당신이 막혀 있다고 느껴진다면, 아마도 당신의 질문이 너무 넓거나

너무 멀리 향하고 있을 가능성이 크다. 그러니, 당신이
쉽게 대답할 수 있는 질문부터 차근차근히 해보길 바
란다.

**"한 질문은 그에 대한 대답의 가능성 안에서만
의미를 가진다."**

005

세상에서 가장 무의미한 질문

우리가 가능성이 있는 질문을 해야 한다고 배웠지만, 사실은 그것보다 더 중요한 것은 애초에 답할 수 없는 질문을 하지 않는 것이다. 그래서 비트겐슈타인은 "답이 없는 질문은 무의미하다"라고 말했다. 처음부터 대답이 성립되지 않는 질문을 하지 않으면 삶이 흔들리지 않기 때문이다. 그렇다면 그가 말하는 '답이 없는 질문'은 무엇을 의미할까? 이는 우리가 일상에서 무심코 던지는 질문들 속에 숨어 있다. "왜 내가 태어났는가?",

"무엇을 위해 태어났는가?" 같은 질문들은 겉보기에 깊고 반드시 풀어야 할 문제처럼 보인다. 하지만, 실제로는 그 누구도 명확한 답을 제시할 수 없는 질문들이다. 특히 행복이나 삶의 의미처럼 감정과 경험에 기대는 개념은 사람마다 정의가 다르기 때문에 객관적인 기준을 세우기 어렵다. 그렇다고 해서 이러한 질문이 인생에 쓸모없다는 뜻은 아니다. 문제는 답을 찾을 수 없는 질문을 '정답이 있는 문제'처럼 붙잡고 고통스러워하는 태도에 있다. 해결되지 않는 질문을 계속 파고들수록 사람은 현재의 삶을 제대로 바라보지 못하고, 무력감과 우울감에 빠지게 된다. 그래서 답을 명확하게 알 수는 없더라도 앞서 말한 가능성 있는 질문을 해야 한다고 말한 것이다. 그것을 행동으로 이끌고 현실적인 선택을 가능하게 한다면 의미 있는 질문이 되기 때문이다. 예를 들어 "나는 왜 이렇게 살아야 하는가?"라는 질문은 답할 수 없지만 "나는 이 일을 계속해야 하는가?", "나는 이 관계를 유지해야 하는가?"와 같이 구체적이고 검토할 수 있는 형태로 바꾸면 판단이 가능해진다는 것이다. 결국 우리가 일상에서 던지는 질문을 돌아보면, 불명확하고 무의미한 질문에 많은 시간을 사용하고 있음을 알 수 있다. "나는 왜 태어났는가?", "삶은 왜 이렇게 힘든가?"와 같은 질문은 스스로를 답 없는 미로로 이끌 뿐이다. 어쩌면 내가 왜 태어났는가에 대한 답을 찾는다면 그건 스스로를 컴퓨터 게임 속 캐릭터로 인정하는 셈이다. 그래서 답할 수 없는 것을 문제로 받아들이지 말고, 의미를 부여해라. 자신의 세상을 스스로가 만들어가라는 말이다. 불필요한 딜레마에 빠져 에너지를 소모하는 대신, 더 빠르게 성장할 수 있도록 자신의 에너지를 그곳에 집중하길 바란다. 그리고 의미 있는 질문만이 의미 있는 답을 만든다는 사실을 명심하길 바란다.

"답이 없는 질문은 무의미하다."

Chapter. 04

논리는 세계를 반영한다

Wittgenstein

논리를 고쳐 잡을 때
비로소 보이는 것들

비트겐슈타인은 말했다. "논리 명제들은 세계에 관해 아무것도 말하지 않는다." 우리가 보통 알고 있는 일반 명제는 "참인지 거짓인지" 실제로 확인해야 한다. 예를 들어 "X는 철학자다"라는 문장은 X가 비트겐슈타인이면 참이고, 나폴레옹이면 거짓이다. 이렇게 현실을 확인해야 판단이 가능한 것들은 세계에 대해 무언가를 알려주는 명제인 것이다. 하지만 논리 명제는 다르다. "삼각형은 세 변을 가진다", "빨간 장미는 빨갛다" 같은 문장을 생각해 보면, 삼각형이라는 앞 단어를 듣는 순간 세 변을 알게 되고, 빨간 장미라는 말을 듣는 순간 빨갛다는 것을 알게 된다. 이런 명제는 경험을 통해 사실을 확인하는 과정이 필요 없다. 비트겐슈타인은 바로 이 점을 가리켜 논리 명제가 세계에 관해 아무것도 말하지 않는다고 말했다. 논리 명제는 새로운 사실을 전달하지 않고, 개념 속에 이미 포함된 구조를 드러낼 뿐이다. 그래서 그는 "논리학에서 과정과 결과는 같다. 그러므로 놀라움이란 없다"라고 말했다. 논리에서는 새로운 결론을 발견할 수 없다. 1+1=2를 떠올리면 바로 이해된다. 계산하든, 하지 않든, 언제나 2다. 삼단논법도 마찬가지다. "모든 사람은 죽는다. 소크라테스는 사람이다. 그러므로 소크라테스는 죽는다." 이 결론은 앞의 두 문장을 듣는 순간 이미 안다. 논리가 보여주는 결론은 처음부터 전제 안에 포함돼 있기 때문이다. 비트겐슈타인이 이 점을 강조한 이유는 사람들이 논리에서 과도한 의미를 기대하기 때문이다. 논리가 새로운 세계를 보여줄 것처럼 믿지만, 실제로는 말이 성립하기 위한 틀을 드러낼 뿐이다. 세계에 대한 실제 정보는 논리 안에서 나오지 않고, 경험을 통해서만 얻을 수 있다. 따라서 논리가 하는 일은 세계를 확장시키는 것이 아니라, 세계를 말하는 체계를 정리하는 것이다. 즉, 사람은 어떤 사실을 더 많이 알지 않아도, 그 사실을 표현하는 방식을 바꾸는 것만으로 표현이 선명해질 수 있다. 사고가 선명해지면 세계도 더 정확하게 보이게 되기 때문이다. 이 철학은 우리의 일상에도 그대로 닿는다. 우리는 종종 더 많은 정보를 알아야 삶이 나아질 거라 생각하지만, 막상 힘겨운 순간을 떠올려 보면 알지 못해서라기보다는 마음이 복잡해서 길을 못 찾는 경우가 더 많다. 사실은 알고 있었지만, 정리가 안 돼서 보지 못했던 것이다. 말과 생각의 틀을 조금만 고쳐 잡으면, 이미 내 안에 있던 답이 또렷하게 떠오른다. 그래서 때로는 새로운 것을 배우려 애쓰기보다, 내가 이미 알고 있는 것들을 차분히 정돈하는 편이 더 큰 변화를 만든다. 비트겐슈타인이 말하고자 한 핵심도 이것이다. 논리는 말할 수 있는 조건을 보여줄 뿐이며, 실제 세계는 경험 속에서만 드러난다는 것이다. 성장은 거창한 깨달음이나 논리적인 생각들에서 오지 않는다. 익숙한 것들을 다시 명확하게 보는 순간에 찾아오는 법이다. 그래서 우리는 언어가 제공하는 틀을 자주 점검하고, 그 틀 밖에서 실제로 무엇을 보고 있는지 스스로 확인해야 한다. 새로운 것은 현실 속에서 발견될 것이다.

**"논리 명제들은 세계에 관해
아무것도 말하지 않는다."**

002

인과율은
미신이다

논리 명제에는 새로운 것이 없다는 것을 알았다면, 한 걸음 나아가 이제 우리가 세상을 바라보는 방식에 대해 생각해야 한다. 비트겐슈타인은 이런 말을 했다. "인과율에 대한 믿음은 미신이다." 인과율이란, "A가 일어나면 B가 일어난다"는 것처럼 모든 일은 원인에서 발생한 결과라는 법칙이다. 공을 던지면 떨어진다. 불을 켜면 밝아진다. 밥을 먹으면 배가 부르는 것처럼 말이다. 비트겐슈타인은 이것이 미신이라고 말한 이유는 우리가 실제로 보는 것은 사건 그 자체이지, 사건들 사이의 어떠한 인과가 아니라는 것이다. 예를 들어 철수가 길을 가다가 화가 나 돌을 던졌는데 3분 뒤 영희가 그 돌을 밟고 넘어졌다면 이때 사람들은 자연스럽게 "철수 때문에 영희가 넘어졌다"고 해석한다. 하지만 현실에서 우리가 직접 보는 것은 철수가 돌을 던진 사건이 있었고, 그다음에 그곳을 걸어가는 영희라는 사건이 있었던 것이다. 그런데 우리는 "원인"이라는 단어로 인해 실제로 인과가 없음에도 그 두 사건을 묶기 위해 해석을 붙인 것이다. 이렇게 우리가 인과를 의심도 없이 굳게 믿는 이유는 '증거' 때문이 아닌, 습관 때문이다. 해가 뜨면 낮이 되고, 스위치를 누르면 불이 켜지고, 물건을 던지면 떨어지는 경험이 반복되며, 우리는 자연스럽게 "늘 이랬으니까, 앞으로도 그럴 것"이라고 생각한다. 하지만 비트겐슈타인은 이런 반복이 필연적 연결을 증명해 주는 것은 아니라고 지적한다. 또 그가 인과를 경계한 이유는, 이를 너무 당연하듯 받아들이면 세계를 있는 그대로 보지 못하기 때문이다. 우리는 무언가 일

어나면 '왜?'라는 물음으로 답을 찾으려 하지만, 현실에
는 "왜 그렇게 되었는지" 알 수 없는 일들도 많다. 그런
데 지난 모든 일을 꺼내어 갖다 붙이며 합리화하려 하
거나, 탓할 것을 찾는다. 그래서 비트겐슈타인은 인과
를 절대적 법칙처럼 믿어버리는 태도를 일종의 미신이
라고 비판했다. 우리가 익숙함을 진리로 착각할 때, 세
계는 오히려 더 흐려지게 된다. 실제로도 사람들은 그
의 말처럼 당연한 법칙처럼 착각한다. 하지만 같은 패
턴이 늘 같은 결과를 보장하지 않는 경우는 일상에서
얼마든지 볼 수 있다. 카페인을 조금만 마셔도 잠을 못
자던 사람이 어떤 날은 카페인을 많이 마셔도 쉽게 잠
들기도 하고, 늘 그 시간에 출근하면 길이 막혔는데 어
떤 날은 이상하리만큼 훤히 뚫려 있을 때도 있다. 우리
는 이런 변화를 겪으면서도 여전히 "원인이 있을 것"이
라며 이유를 찾아 헤매지만, 실제로는 여러 사실이 겹
쳐 나타난 '결과'일 뿐이다. 이런 예시들은 우리가 익숙
함을 근거로 단단한 인과관계를 만들지만, 세계는 그만
큼 단순하지 않다는 점을 자연스럽게 보여준다. 그래서

우리는 세상을 완벽하게 이해했다고 착각하지 않아야 한다. 사람이 할 수 있는 일은 그저 반복되는 패턴을 관찰하고, 그 안에서 어느 정도 예측 가능한 흐름을 잡는 정도다. 인과율은 분명 계획과 판단을 도와주는 훌륭한 기준이지만, 절대적 진리처럼 받아들이면 세계를 잘못 이해하게 된다. 실제 세계는 그저 '사실들이 있는 그대로 놓여 있을 뿐'이며, 그 사이에 반드시 설명할 수 있는 필연만 존재하는 것은 아니다. 원인이 있으면 반드시 그에 맞는 결과가 나와야 한다는 믿음은 우리의 언어 습관이 만든 착각에 가깝다. 따라서 세상이 언제나 기대한 방향으로 움직이지 않을 수 있다는 점을 마음속에 두어야 한다. 이 사실을 받아들이는 순간, 예상치 못한 어려움도 훨씬 담담하게 이겨낼 수 있을 것이다.

"인과율에 대한 믿음은 미신이다."

설명할 수 없는 세계에서
살아가는 방식

비트겐슈타인은 이런 말을 했다. "자연법칙이 왜 그렇게 되어야 하는지 말해주는 '더 높은 법칙'은 존재하지 않는다." 그가 말하는 자연법칙이란 무엇일까? 중력의 법칙, 관성의 법칙, 에너지 보존의 법칙. 이런 것들이 자연법칙이다. 이 자연 법칙들은 더욱 심오하게 파고들면 답을 말해주지 못한다. 예를 들어 사과는 위로 떨어지지 않고 아래로 떨어진다. 그런데 왜 사과는 아래로 떨어지는가? 왜 위로 떨어지지 않는가? 이 질문에 우리는 과학적으로 "중력 때문이다"라고 답할 수 있다. 하지만 "그 중력은 왜 있는가?"라고 묻는 순간, 그걸 설명할 더 상위의 법칙이 필요하게 된다. 결국 "왜 중력이 있는가?"라는 꼬리에 꼬리를 무는 물음은 "왜 세계가 이런 구조로 되어 있는가?"라는 더 큰 질문에 부딪혀 답을 찾을 수 없게 된다. 이는 언어와 사고가 닿기 전에 이미 주어진 세계의 형식을 언어로 설명하려는 시도이기 때문에, 논리적으로 불가능하다는 것이다. 비트겐슈타인은 언어로 모든 것을 단정 지으려는 것을 비판하며 "자연법칙은 세계의 기술일 뿐이다."라고 말했다. 즉,자연법칙은 세계가 어떻게 움직여야 하는지 정해 놓은 규칙이 아니라, 세계가 실제로 어떻게 움직이고 있는지 사람이 관찰해 정리한 설명에 가깝다. F = ma 같은 뉴턴의 제2 법칙(운동 법칙)도 힘과 질량, 가속도 사이 관계를 정리한 문장일 뿐이다. 세계가 왜 이런 관계 구조를 가지는지, 왜 이런 방식으로 움직이기 시작했는지 모든 것을 설명해 주지는 못한다. 법칙은 사람이 세계의 성질을 적어놓은 기록이지, 세계를 움직이는 절대적 규칙이 아니다. 이 관점을 이해하면 자연법칙이 세계를 지배하는 근본 원리는 아니라는 사실이 보인다. 왜 그런 법칙이 존재하는지 계속 질문한다면 그 답을 풀기 전에 죽음을 맞이할지도 모른다. 이는 우리의 삶도 마찬가지다. "왜 나는 이렇게 태어났을까?" "왜 나는 안 좋은 일만 일어날까?" 이런 예측할 수 없는 것들에 이유를 찾으려 하면 답이 없다. 우리가 할 수 있는 것은 그것을 받아들이고, 그 안에서 최선을 다하는 것이다. 분명, 우리가 인생을 열심히 살면 살수록 세상은 당신을 무너뜨리기라도 하듯 역경과 고난을 겪게 할 것이다. 그런데 그런 좌절 속에서 그 이유를 기어코 찾으려 하거나, 혹은 그것을 해결하지 못한 자신을 자책한다면 결국 손해 보는 것은 자신일 것이다. 그러니 때때로 내가 어찌할 수 없는 것들은 자연의 법칙이라 생각하며 심각하게 받아들이지 말고 덤덤하게 받아들이는 자세를 가져라. 그리고 어쩌면 그 역경도 있는 그대로 활용하라고 주는 자연의 법칙일지도 모른다. 어떻게 할 수 없는 것에 답을 찾지 말고, 그것을 활용할 줄 아는 사람이 되길 바란다.

**"자연법칙이 왜 그렇게 되어야 하는지 말해주는
'더 높은 법칙'은 존재하지 않는다."**

004

말이 그 사람을
나타낸다

비트겐슈타인은 말에 대해 이렇게 말했다. "말은 생각을 입히는 것이 아니라, 생각이 드러나는 방식이다." 생각해 보면, 우리가 타인에게 쎄함을 느낄 때는 그 사람의 행동보다는 말에서 느낀다. 그 사람의 말투, 사용하는 단어, 어떤 말에 분노하고, 좋아하는지를 보고 쎄함을 감지하게 된다. 물론, 자신을 좋은 사람처럼 보이게 꾸밀 수도 있다. 겉으로는 친절해 보이는 말, 예의 바른 단어, 상대를 배려하는 척하는 표현을 사용하는 사람도 있다. 하지만 교묘하게 자신을 꾸미는 사람도 자신의 부탁을 거절 받았을 때, 예상치 못한 질문을 들었을 때, 기분이 나쁠 때처럼 예상하지 못한 순간에 본심을 드러내게 된다. 그 이유는 비트겐슈타인의 말처럼 언어는 우리의 생각이 드러나는 통로다. 그래서 말솜씨가 뛰어난 사람보다 가끔은 서툴게 말하는 사람이 더 진실하게 느껴질 때가 있다. 다듬어지지 않은 표현 속에 꾸밈없는 마음이 고스란히 담겨 나오기 때문이다. 반대로 거짓을 자주 말하거나 속으로 다른 마음을 품은 사람의 말에는 특유의 불편함이 스며 있다. 자신의 잘못을 인정하기보다 이미 준비해 둔 듯 논리적 변명을 쏟아낼 때, 설명하기 어려운 이질감이 생기고 그 사람 전체가 지나치게 계산적으로 느껴진다. 이러한 이질감이 우리에게 일종의 '쎄함'을 주는 이유는, 말의 형태는 속마음과 결국 연결되어 있다는 사실을 무의식적으로 알아차리기 때문일 것이다. 진심은 꾸밈없는 솔직한 언어 속에서 오히려 더 선명하게 드러나기도 한다. 우리가 살면서 느끼는 '쎄함'은 근거 없는 억측이 아니라,

수많은 경험이 쌓여 형성된 일종의 데이터이자 나를
보호하려는 뇌의 감지 신호에 가깝다. 그래서 쎄함을
느낄 때는 한 번쯤 멈추어 의심해 보고, 조용히 지켜보
는 태도가 필요하다. 말은 그림자와 같아서, 순간순간
꾸며낼 수는 있어도 방심한 틈에는 본래의 형태가 비
쳐 나온다. 그래서 누군가의 인성을 알고 싶다면 그 사
람의 말버릇, 말의 표현, 말의 진실성을 유심히 보면 된
다. 그리고 이 원리는 나 자신에게도 똑같이 적용된다.
어떤 말을 할지 고민하기에 앞서, 어떤 생각을 품고 살
아가는지가 더 중요하다. 마음이 복잡하면 말도 거칠어
지고, 마음이 맑아지면 말은 자연히 투명하고 다정해진
다. 결국 말은 내가 살아온 방식의 흔적이며, 내가 어떤
삶을 선택해 왔는지 보여줄 것이다.

**"말은 생각을 입히는 것이 아니라,
생각이 드러나는 방식이다."**

005

사자가 말할 수 있다고 해도 우리는 이해할 수 없다

비트겐슈타인은 "사자가 말할 수 있다고 하더라도, 우리는 사자를 이해할 수 없을 것이다"라는 수수께끼 같은 문장을 남겼다. 사자와 대화한다면 논리적으로 봤을 때 말이 통하고 더 이해를 잘할 수 있을 거라 생각할 수 있다. 하지만 비트겐슈타인이 말하고자 한 핵심은 언어가 단순히 논리적인 단어와 문법의 체계가 아니라는 점이다. 우리가 "배고프다"라고 말할 때, 그것은 생리적 상태를 표현하는 것을 넘어 식사 시간, 식탁,

요리, 가족과의 대화 등 인간 삶 전체의 맥락 속에 놓여 있다. 사자가 인간의 언어를 완벽하게 구사한다 해도, 사자의 '배고픔'은 우리의 그것과 근본적으로 다를 것이다. 사자는 사냥을 하고, 무리 지어 살아가며, 영역을 지키고, 먹이를 찢어 먹는다. 사자의 모든 단어는 사자의 삶, 사자의 본능, 사자의 세계관 속에서 의미를 갖는다. 아마 사자와 대화한다면, 고기를 두고 우리는 "맛있겠다"고 말하겠지만, 사자는 "목을 물어뜯어 먹어야 더 맛있을 텐데"라고 말할 수도 있다. 이처럼 우리는 같은 단어를 들어도 그 이면에 깔린 경험의 총체를 공유하지 못한다. 이는 언어의 학습이 번역의 문제가 아님을 시사한다. 어린아이가 "아프다", "사랑한다", "정의롭다"라는 언어를 배운다는 것은 우리의 신체적, 사회적, 문화적 의미를 삶의 방식 속으로 입문하는 것과 같다. 그래서 모두가 같은 언어를 쓴다고 해도 서로 다른 문화권, 다른 시대, 다른 계급의 사람들 사이에서 서로를 이해할 수 없는 상황이 나올 수밖에 없다. 비트겐슈타인의 이런 철학은 일상 속에서도 드러난다. 같은 언어를 쓰면서도 서로 다른 사상을 추구하고, 종교를 찬양하고, 심지어 간단한 대화임에도 각자의 삶의 형식이 다르기 때문에 다툼이 생기는 것을 보면 쉽게 알 수 있다. 결국 타인을 이해한다는 것은 단어의 뜻을 아는 것이 아니라, 그 언어가 가진 삶의 의미를 공유하는 것이다. 그렇기에 우리는 타인이 나와 너무 다르다고 무시하기보다는 그 사람의 세계를 이해하려는 사람이 되어야 한다. 이 차이를 좁히지 못하면 오해가 생기고, 누구를 만나든 그 관계는 오래가지 못하게 된다. 세상에는 비슷한 사람은 있어도 나와 맞는 사람은 없다. 아무리 괜찮아 보이는 사람이라도 관념이나, 생활 패턴, 청결도 같은 다른 부분에서 나와 맞지 않는 것을 느끼게 된다. 그래서 사람을 만날 때는 나와 공통점이 많고, 비슷한 생각을 하는 사람보다는 그럼에도 내가 이해할 수 있을 것 같은 사람을 만나야 한다. 그가 어떤 삶을 살아왔는지, 무엇을 보고 자랐는지, 어떤 감정과 기억을 품고 있는지를 궁금해하고 품어줄 수 있는 마음이 든다면 그 관계는 오래갈 수밖에 없다. 이처럼 누군가를 깊

이 이해하고 싶다면 그의 언어뿐 아니라 그 언어를 떠
받치는 삶의 형식도 함께 보길 바란다. 그리고 나 또한
누군가에게 이해받고 싶다면, 내 마음을 꾸미기보다 내
세계를 정직하게 드러낼 수 있어야 한다. 그래야 나의
솔직한 면모를 이해하고 품고 싶어 하는 사람을 만날
수 있게 될 테니 말이다. 이해는 말에서 시작되지만, 결
국 서로의 세계를 향한 진심 어린 마음에서 비로소 가
능해지는 것이다.

**“사자가 말할 수 있다고 하더라도,
우리는 사자를 이해할 수 없을 것이다.”**

Chapter. 05

세계와 삶을 뒤흔드는 근본의 질문들

Wittgenstein

윤리는
초월적이다

우리는 지금까지 세계, 언어, 논리에 대해 배웠다. 하지만 이제 가장 중요한 주제로 넘어가야 한다. 바로 윤리다. 비트겐슈타인은 말한다. "윤리는 초월적이다." 우리가 지금까지 본 것들은 모두 세계 안에 있었다. 사실, 사물, 사건. 이런 것들은 세계 안에서 일어난다. 그것들을 관찰할 수 있고, 말할 수 있기 때문이다. 하지만 윤리는 세계 안에서 찾을 수 없다. 아무리 세상에 일어나는 일들을 관찰한다고 해도 "좋음"이나 "나쁨"을 발견할 수는 없다. 물론, 언뜻 보기에는 좋은 일 나쁜 일 구분이 되기에 볼 수 있다고 생각할 수 있다. 하지만 조금만 더 생각해 보면 아니라는 것을 알게 된다. 예를 들어 딸기를 보면 작고 가볍다는 것을 느낄 수 있다. 하지만 딸기가 "좋다"는 것은 우리가 볼 수 없다. 그 이유는 사람마다 기준이 다르기 때문이다. 이처럼 사람이 다른 사람을 돕는 것을 볼 수도 있고, 팔을 뻗는 것도 볼 수 있고, 미소 짓는 것을 볼 수 있지만 그 행동이 "옳다"는 것은 보이지 않는다. 옳음과 그름은 사실 속에 존재하는 게 아니기 때문이다. 많은 사람들이 이것을 이해하지 못한다. 비트겐슈타인이 윤리가 초월적이라고 한 이유는 윤리가 사실의 영역에 속하지 않기 때문이다. 윤리는 가치의 영역에 속하며 세계를 바라보는 우리의 태도다. 꽃이 아름답다고 할 때, 아름다움은 꽃에 있는 게 아니다. 아름다움은 꽃을 보는 사람이 '아름답다'라고 느끼는 것이다. 옳고 그름도 마찬가지다. 어떤 행동이 옳다고 할 때, 옳음은 그 행동에 붙어 있는 게 아니다. 옳음은 그 행동을 하는 사람의 가치관에서 나온다. 그래서 이는 문화마다 옳고 그름의 기준이 다르고, 시대마다 다르며, 사람마다 다르다. 실제로 일본에서는 국수나 라면을 소리 내어 먹는 것이 '맛있게 먹는다'는 표현으로 예의에 맞지만, 한국이나 서양에서는 식사 중 소리를 내면 버릇없다고 여겨진다. 한국에서는 장례식장에서 검은 옷을 입고 울며 조용히 애도하지만, 가나(아프리카)에서는 춤추고 노래하며 떠나는 이를 축하한다. 인도에서는 소를 신성하게 여겨 먹지 않지만, 한국이나 서양에서는 소고기를 일상적인 식재료로 사용한다. 비트겐슈타인은 이것을 보고 "윤리는 초월적이며, 가치란 세계 안에 존재하지 않는다"라고 말한 것이다. 즉, 윤리는 세계를 어떻게 볼 것인가, 어떻게 살 것인가에 대한 근본적인 태도이지 우리가 정의를 지을 수 없다. 그렇다면 세상이 정의롭지 않아도 정의를 선택하는 사람, 세상이 거칠어도 선함을 지키려는 사람, 누군가의 실수 속에서도 믿음을 잃지 않는 사람의 태도 속에는 초월적인 힘을 사용하는 강한 사람이다. 이를 존경의 눈으로 바라보고 격려하는 것도 좋지만, 우리 또한 이런 태도로 인생을 살아야 한다. 사람의 품격은 말이나 지식으로 드러나는 것이 아닌, 아무도 보지 않는 순간에도 지키려는 마음에서 나타난다. 세상은 때때로 불공평하고, 노력의 결과가 돌아오지 않을 때가 많다. 그럼에도 꿋꿋이 자신만의 기준을 잃지 않는 사람은 세상이 흔들려도 무너지지 않기 때문이다. 윤리는 설명보다 실천을 요구하고, 그 실천은 결국 자신을 지탱하는 힘이 될 것이다. 그러니 남들이 보지 않아도, 인정받지 않아도, 스스로 옳다고 믿는 삶의 방식을 살아가는 삶을 살기 바란다. 충분히 가치 있는 삶이 될 것이다.

"윤리는 초월적이다."

002

선악은 세계 안에 존재하지 않는다

사람들은 착한 일을 하면 복을 받고, 나쁜 일을 하면 벌을 받는다고 믿는다. 마치 세상에 보이지 않는 저울이 있어서, 선과 악을 재고 그에 맞는 결과가 나타나는 것처럼 말이다. 물론, 죽은 다음 살아온 사람은 없기에 아무도 모르겠지만, 적어도 현실에서는 우리의 기준과는 다른 세상을 보여준다. 상을 주고 싶을 정도로 착하게 산 사람이 병에 걸리기도 하고, 당장이라도 감옥에 넣고 싶을 만큼 나쁜 짓을 한 사람이 건강하게 잘 살기도 한다. 정직한 사람이 가난하고, 거짓말쟁이가 부자가 된다. 이런 사소한 것만 봐도 세상은 선악에 따라 움직이지 않는다는 것을 볼 수 있다. 자연은 선악을 구별하지 않고, 중력은 도둑에게도 성인에게도 똑같이 작용하며, 병은 악인도 선인도 가리지 않고 찾아온다. 이것이 사실만 말하는 세계의 모습이다. 그렇다면 우리가 말하는 선악은 어떻게 바라봐야 할까? 비트겐슈타인은 이렇게 말했다. "세계 안에는 가치가 없다." 이는 앞서 말한 "윤리는 초월적이다"라는 말과 비슷한 맥락이다. 윤리의 가치는 그 사건을 바라보는 우리의 태도에서만 나타나며, 세계 밖에서 존재한다고 했다. 이처럼 선과 악 같은 가치를 만드는 것들은 세계 안에 없다. 그러나 윤리와 다르게 선과 악은 우리가 정한 규칙이자 사회가 만든 약속이기도 하다. "사람을 괴롭혀서는 안 된다", "도둑질을 해서는 안 된다" 이렇게 규칙을 정한다. 그렇다면, 선악은 세계 안에 있는 게 아닌가라고 생각할 수 있다. 하지만 선악이 세계 안에 실제로 존재한다면, 모든 시대, 모든 곳에서 똑같아야 한다. 비트겐슈타인이 말하고자 한 것이 바로 이것이다. 선악은 발견되는 게 아니라 사람에 의해 만들어진다는 것. 사람들은 "살인은 나쁘다"는 것이 객관적 사실이라고 믿는다. 하지만 살인에 관한 판단은 언제나 동일하지 않다. 전쟁에서의 살인은 어떻게 봐야 할까? 정당방위는? 사형은? 예상치 못한 실수의 살인은? 상황이 달라지면 사람들의 판단도 달라지고, 하나의 기준으로 "A=B"라고 말하기 어렵다. 이런 이유로 선과 악은 세계 안의 사실이 아니라, 세계 밖에서만 의미를 갖는 개념이라 할 수 있다. 그렇다고 선악이 의미 없다는 뜻은 아니다. 오히려 선악은 인간에게 매우 중요하다. 우리가 어떤 삶을 살고 싶은지, 어떤 사회를 만들고 싶은지 결정하는 가치이기 때문이다. 세계는 가치를 부여하지 않지만, 인간은 세계 위에 가치를 세울 수 있다. 이 점이 인간만이 가진 능력이다. 그래서 당신의 세계에서는 당신이 대우받고 싶은 만큼, 당신이 누리고 싶은 만큼 가치를 부여하며 살아가면 된다. 어떤 세상을 만들고 싶은지는 결국 당신의 몫이다. 사람을 괴롭히고, 때리고, 빼앗는 세상에서 자신 또한 그런 일을 당할 수 있다는 두려움 속에서 살 것인가? 아니면 그럼에도 스스로 떳떳하게 살며, 다음 세대가 조금 더 나은 삶을 누릴 수 있는 세상을 만들 것인가? 세계는 의미를 주지 않지만, 인간은 의미를 만들 수 있다. 그런데 그 사실을 알고 있는가? 당신은 이미 당신이 만든 세상에서 열심히 살아가고 있다. 주변 사람들이 나를 어떻게 대하는지, 어떤 말을 건네는지, 어떤 행동으로 나를 대접하는지를 보면 내가 어떤 기준을 세우고 살아왔는지 알 수 있다. 내가 타인을 존중하면 타인도 나를 존중하는 관계가 만들어졌을 테고, 내가 무례하게 대했다면, 나에게 무례하게 대하는 관계가 만들어졌을 것이다. 그렇다면 당신은 지금 어떤 세계에 살고 있는가? 한번 생각해 보길 바란다.

"세계 안에는 가치가 없다."

003

의지는 세계를
변화시킬 수 없다

선과 악이 세계 안에 본래부터 존재하는 것이 아닌, 우리가 선택을 통해 구성하는 것을 알았다. 그렇다면 선과 악을 결정하는 우리의 의지는 세계에서 어떤 방식으로 이해해야 할까? 이 질문에 대해 비트겐슈타인은 다음과 같이 말한다. "세계는 나의 의지와 무관하다." 이 말은 선뜻 받아들이기 쉽지 않은 내용을 담고 있다. 우리는 마음만 먹으면 인생이 달라질 것처럼 느끼고, 의지만 강하면 세상이 뜻대로 변할 것처럼 생각했기 때문이다. 그래서 힘이 없다면 동기 부여되는 영상과 글을 보고, 누군가에게 힘이 되는 말을 해달라고 부탁하기도 한다. 실제로도 그러한 행동들이 힘을 줄 때도 있다. 하지만 비트겐슈타인은 그와 별개로 세계는 내가 원하는 방향으로 설계된 공간이 아닌, 이미 그 자체로 움직이고 있는 거대한 사건들의 흐름이라고 보았다. 생각해 보면, 나와 잘 맞는 사람이라 생각해 마음을 내어줬더니 필요할 때만 친절해지는 사람일 때가 있고, 무뚝뚝한 사람이라고 생각해 거리를 뒀더니 누구보다 관계에 진심인 사람일 때가 있다. 또 굳이 이런 것까지 해야 하나 생각했는데 그 행동이 신의 한 수가 되었던 행동일 때가 있고, 정말 잘한 선택이라 생각했는데 나중에 보니 발목 잡는 선택일 때가 있다. 이처럼 세계는 내가 원하는 방향으로 절대 흘러갈 수 없다. 그래서 사람 일은 부딪혀 보기 전까지 아무도 모른다. 즉, 의지는 결과를 강제로 만들어내는 힘이 아니라, 결과 앞에서 내가 어떤 사람이 될 것인지 결정하는 방향추라고 보아야 한다. 그렇게 내가 세계를 완전히 통제할 수 없다는 사실을 인정하고 삶을 바라보면, 비로소 나에게 진짜로 남아 있는 것이 무엇인지 보이게 된다. 또한 힘들 때나 실패했을 때 또는 일이 잘 되었을 때도 그것이 꼭 나의 잘남과 부족함 때문이 아니라는 점도 알아야 한다. 우연, 환경, 타인의 선택, 예측 불가능한 변수들이 이 세계를 이끈다. 내가 할 수 있는 일은 그 안에서 내 자리를 찾아가는 것이다. 이는 나뿐만 아니라 모든 사람들 또한 똑같다. 그래서 재는 좋은 일만 생기고, 나는 안 좋은 일만 생긴다는 마음을 갖는 것은 올바르지 않다. 그 사람의 인생을 살아보지 않았으면 그 사람처럼 살고 싶다고 말하면 안 되고, 그 사람처럼 노력해 보지 않았으면서 그 사람만 운이 좋다고 생각하면 안 된다. 삶은 억지로 모든 것을 붙잡으려 하지 않아도 되고, 어떻게든 힘으로 그것을 이기려 하지 않아도 된다. 오히려 심각하게 세상을 바라보면 몸이 경직되고, 나의 세계는 더 쪼그라든다. 그런 세상은 나를 더욱 팍팍한 사람으로 만들기 때문에 흘러가는 삶 속에서 내가 어떤 사람으로 존재할지 선택해야 한다. 그것이 세계를 잘 살아내는 방법이다. 그러니 일이 잘 되었다고 너무 자만하지 말고, 일이 안 되었다고 해서 너무 자책하지 말자. 우리는 그곳에서 내가 가진 것을 보며 어떻게 살아가야 할지 자신의 이상만을 바라보면 된다.

“세계는 나의 의지와 무관하다.”

004

행복한 자와 불행한 자는 다른 세계에 산다

비트겐슈타인은 행복한 사람과 불행한 사람에 대해 이렇게 말했다. "행복한 사람에게 보이는 세상은, 불행한 사람에게 보이는 세상과는 다르다." 이 문장은 비트겐슈타인이 현실을 바라보는 방식을 가장 함축적으로 보여준다. 먼저 그는 행복과 불행을 일반적인 감정 상태로 보지 않았고, 세계를 바라보는 태도로 보았다. 사람들은 똑같은 것을 보고 누군가는 그것을 불행하게 보고, 누군가는 감사하게 바라보기 때문이다. 실제로

흰 크레파스를 보면 누군가는 쓸모없다고 말하지만, 누군가는 검은 종이를 사용하는 사람에게는 최고의 색이라고 말한다. 이렇게나 세상을 보는 눈이 다르기에 비트겐슈타인은 행복과 불행은 세계의 속성이 아니라 그 세계를 바라보는 인간의 시선이 만들어내는 세계관이라고 보았던 것이다. 이런 맥락에서 그는 다른 세계를 산다고 말한 것이다. 예를 들어 보자. 사랑에 빠진 사람의 눈에는 모든 것이 아름답다. 지저분한 골목길도 낭만적으로 보이고, 비 오는 날은 운치 있게 보며, 심지어 추운 겨울에도 데이트하기 딱 좋은 날씨가 된다. 그러나 이는 세상이 바뀐 게 아니다. 골목은 여전히 지저분하고, 비바람이 몰아쳐 옷은 다 젖고, 겨울은 뼈 시릴 정도로 춥다. 그렇다면 막, 실연당한 사람은 어떨까? 같은 거리를 걸어도 그의 눈에는 모든 것이 거슬린다. 화창한 날씨도 눈부시다고 할 것이고, 사람들의 웃음소리도 시끄럽게만 느껴진다. 세상이 바뀌지는 않았지만, 그의 눈에는 다른 세계가 보이는 것이다. 비트겐슈타인이 말한 '다른 세계'란 바로 이런 차이다. 삶을 해석하는 태도가 달라질 때 세계는 완전히 다른 색깔을 가진다. 결국 행복은 나에게 다가오는 게 아니라, 내가 행복을 어떻게 접근하느냐에 따라 달라진다. 이는 우리가 인생을 살아갈 때 가져야 할 중요한 관점이다. 사람들은 삶이 힘들 때면 "세상이 나를 도와주지 않는다"고 생각한다. 하지만 대부분 내가 세상을 더 힘들게 바라보고 있을 때가 많다. 그래서 행복한 사람과 불행한 사람은 같은 세상에 살고 있지 않다. 불행한 사람은 세상에서 결함을 찾고, 행복한 사람은 그 결함 속에서 의미를 찾는다. 똑같은 현실이라도 마음이 불만으로 가득 차면 그의 세계는 불행으로 채워지고, 감사로 가득 차면 그의 세계는 행복으로 채워질 것이다. 비트겐슈타인이 말한 "행복한 자의 세계"란, 마음의 위치를 가리킨다. 내 마음이 감사, 평화, 행복, 기쁨으로 넘쳐날 때 나의 세계는 낙원이 될 것이고, 내 마음이 불만, 불신, 짜증, 슬픔이 넘쳐날 때 나의 세계는 지옥이 될 것이다. 우리가 사는 세상은 하나이고, 그 짧은 인생을 무엇으로 채워갈지는 본인의 선택이다. 그렇다면 당신의 마음의 위치는 어디에 있는가? 그 차이가 바로 행복한 세계로 이끌 수도 있고, 불행한 세계로 이끌 수 있을 것이다.

"행복한 사람에게 보이는 세상은,

불행한 사람에게 보이는 세상과는 다르다."

지혜를 흐리는
가장 은밀한 적

비트겐슈타인은 "자신을 속이지 않는 것만큼 어려운 일은 없다"고 말했다. 이는 아는 것이 많고, 스스로 잘났다고 여기는 사람일수록 더 깊이 새겨야 할 말이다. 지식이 많다는 것은 곧 자신의 잘못된 선택을 정당화할 논리를 얼마든지 만들어낼 수 있다는 뜻이다. 일반인이라면 그냥 "내가 틀렸다"고 인정할 순간에도, 자신의 경험과 사례를 끌어와 이기적인 행동을 '전략'이라 부르고, 비겁한 태도를 '현명한 판단'이라 포장하기 쉽다. 그래서 세상이 자기 위주로 돌아간다고 생각하기도 하고 또 자신이 정말 똑똑하다고 착각한다. 하지만 그들이 놓치는 사실이 있다. 사람들이 그들의 말에 속아 넘어가는 것이 아니라, 알면서도 관계를 지키기 위해 참아주는 것이라는 점이다. 진정한 '똑똑함'은 다양한 지식을 알고 머리가 빠릿빠릿하게 돌아가는 능력이 아니다. 그 지식을 언제, 어떻게 써야 할지 알고 타인의 입장까지 생각할 줄 아는 다정함에서 나온다. 그래서 자신이 똑똑하다고 착각하는 사람이 가장 조심해야 할 것은, 자신이 만든 논리에 스스로가 먼저 속아 넘어가지 않도록 하는 것이다. 지식은 본래 사고의 폭을 넓히기 위한 도구인데, 자기합리화의 수단으로 변하는 순간 성장은 멈춘다. 문제는 이 과정이 반복되다 보면, 본인조차 그것이 '분석'인지 '평계'인지 분간하지 못하게 된다는 점이다. 예를 들어, 누군가에게 상처를 줬으면서도 "저 사람은 원래 예민해"라고 책임을 슬쩍 돌리거나, 일을 미루어 놓고 "창의성은 여유에서 나온다"고 스스로를 달래거나, 잘못된 판단 탓에 인해 실패한 것임에도 "네가 이렇게만 안 했었어도"라고 말하며 남 탓을 하며 합리화하면, 듣기에는 얼핏 그럴듯해 보이지만, 가장 먼저 속는 사람은 결국 자신이다. 그래서 자신의 언어가 진실을 드러내는 데 쓰이는지, 아니면 자신을 은폐하는 데 쓰이는지 스스로 끊임없이 점검해야 한다. 지식의 진정한 힘은 얼마나 많이 알고 있느냐 보다, 그 지식이 나를 얼마나 더 나은 사람으로 만들어주는가에 달려 있다. 그래서 비트겐슈타인은 이런 말을 했다. "천재에게는 다른 정직한 사람보다 더 많은 빛이 없다. 그러나 그는 이 빛을 불타는 지점으로 집중시키는 특별한 종류의 렌즈를 가지고 있다." 천재에게 주어진 '빛' 즉, 기본적인 재능과 지성은 사실 다른 정직한 사람들과 크게 다르지 않다는 것이다. 또한 천재는 같은 빛이라도 그것을 일반인처럼 흩어 놓듯 사용하지 않고, 렌즈처럼 한 지점에 모아 강렬한 열을 만들어낸다는 것이다. 대부분의 사람은 많은 생각을 동시에 품고 살아간다. 하고 싶은 것도 많고, 관심이 가는 것들도 많아 마음속 빛이 사방으로 흩어져 버린다. 하지만 천재는 그 빛을 좁고 선명한 한 줄기로 모은다. 이것이 일반인과 천재의 결정적 차이이다. 돋보기를 통해 햇빛이 종이를 태우듯, 천재는 한 영역을 향해 자신의 모든 사고를 모아 새로운 결과를 만들어낸다. 그러나 비트겐슈타인이 말하고자 한 것은 빛을 모으는 능력에 정직함이 필요하다는 것과 그 정직함에는 먼저 현실을 있는 그대로 바라볼 용기가 필요하다는 것이다. 자기기만이나 변명은 사고를 제대로 하지 못하게 하고, 빛을 여러 방향으로 흩어지게 만든다. 반대로 스스로에게 솔직한 사람은 문제의 본질을 더 정확하게 볼 수 있고, 필요한 것을 더 명확히 선택할 수 있게 된다. 즉, 천재가 가진 렌즈는 지식이 아닌, 정직함 위에 세워진 사고의 구조다. 다만, 이 렌즈는 타고나는 것이 아니기에 배움과 실패, 자기 성찰을 통해 서서히 만들어진다. 그래서 어떤 사람은 많은 것을 알고도 평범한 결과만 만들지만, 어떤 사람은 제한된 지식으로도 놀라운 통찰을 만들어낸다. 결국 차이를 만드는 것은 재능의 크기가 아니라 사고를 모아내는 방식이다. 그리고 그 성찰이 쌓일 때, 아는 만

큼 말이 많아지기보다, 아는 만큼 더 겸손해지고 단단
한 사람이 될 것이다.

"자신을 속이지 않는 것만큼 어려운 일은 없다."

Chapter. 06

말할 수 없는 것들에 대하여

Wittgenstein

세계에서 가장
신비로운 것

경쟁 사회에서 살다 보면 사람들이 가장 많이 하는 생각이 있다. "나는 왜 이토록 평범한가"라는 생각이다. 분명 상대방이 나보다 잘하는 것이 있으면, 나보다 못하는 것이 있기 마련이고, 타고난 것과 타고나지 않는 것이 있어 차이가 있다. 그럼에도 나보다 조금 더 잘 나고, 더 멋진 사람을 만나면 주눅이 들게 된다. 그러다 보니 "나는 잘하는 게 뭘까"라는 생각을 자연스럽게 하게 되고 특출난 재능이 없는 자신을 쓸모없는 사람이라 생각할 때가 많다. 하지만, 이런 마음은 자신의 욕망을 채우고 싶은 마음일 뿐, 세상에 쓸모없는 사람이란 없다. 사람마다 기준은 다르겠지만, 일이 없는 사람은 직장인을 부러워하고, 직장인은 적게 일하고 더 많이 버는 사람을 부러워하고, 적게 일하고 많이 버는 사람은 사회에 영향력이 있는 사람을 부러워하고, 영향력 있는 사람은 가만히 있어도 아무도 말 걸지 않는 평범한 일반인을 부러워한다. 이처럼 자신의 위치에 맞는 장점과 단점이 있을 뿐, 사실 서로가 자신에게 없는 부분을 부러워하는 것이다. 비록 평범한 삶일지라도 나 또한 누군가에게 부러움의 대상이 될 수 있음을 알아야 한다. 그래서일까. 비트겐슈타인은 이런 말을 했다. "신비로운 것은 세계가 어떠한가가 아니라, 세계가 있다는 것이다." 비트겐슈타인의 이 말은 존재 그 자체의 가치를 돌아보게 한다. 우리는 존재하지 않을 수도 있었지만, 지금 이 순간 분명히 여기 있다. 그런데 이 사실에 "왜?"라고 물으면, 우리는 끝내 답하지 못한다. 그가 말한 것도 바로 이것이다. 설명할 수 없는 것, 말로

다 담을 수 없는 것, 그러나 분명히 존재하는 것. 그는 이런 것들이야말로 가장 깊은 신비라고 보았다. 우리는 이미 이 세계에 태어났다는 사실 하나만으로도 충분히 경이로운 존재다. 그래서 지금 이 세계가 존재하고, 우리가 그 안에 함께 살아가고 있다는 사실부터 놀라워해야 한다. 세부적인 이유를 파고들기 전에, 먼저 자기 삶을 깊이 바라보고, 이 사실 자체를 경탄할 줄 알아야 한다. 우리는 늘 "어떤 사람이 될 것인가"에만 몰두하다 보니, 정작 "내가 존재한다는 사실이 얼마나 큰 의미인가"를 잊는다. 잘난 사람 옆에서는 작아 보이고, 능력 있는 사람을 보면 괜히 초라해지지만, 그 감정은 기준이 바깥에 있을 때 생기는 흔한 착시일 뿐이다. 존재의 가치를 "비교"하려 하면 누구도 만족할 수 없다. 비교에는 끝이 없고, 위를 보면 끝없이 높기 때문이다. 하지만 세계가 있다는 사실이 이미 신비롭듯, 나라는 존재도 이미 하나의 완전한 사건이다. 잘난 점이 많아서 의미 있는 것이 아니라, 존재하기 때문에 의미가 생기는 것이다. 누군가는 나의 평범함을 부러워하고, 누군가는 내가 가진 작은 능력을 소중히 보고, 또 누군가는 내가 아무렇지 않게 해내는 일을 자신은 평생 배우지 못했다며 감탄할 수도 있다. 그러니 스스로를 증명하려고 너무 애쓰지 않아도 된다. 세계가 특별한 구조를 가져야만 신비로운 것이 아닌 것처럼, 나는 특별한 업적이 없어도 이미 충분히 존재할 이유가 있다. 살아 있다는 사실만으로도 우리는 누군가에게 영향을 주고, 또 누군가에게는 작은 위로가 된다. 결국 중요한 건 "얼마나 특별한가"가 아니라, 지금 이 자리에서 살아가고 있다는 단순한 사실을 어떻게 바라보느냐에 달려 있다.

**"신비로운 것은 세계가 어떠한가가 아니라,
세계가 있다는 것이다."**

002

삶의 의미를
어떻게 바라봐야 하는가

존재 자체가 신비라는 것을 알았다면, 이제 사람들이 가장 많이 묻는 삶의 의미는 무엇인가라는 질문을 한 번쯤은 생각해 볼 필요가 있다. 비트겐슈타인은 삶의 의미에 대해 이렇게 말한다. "나는 신이나 삶의 목적에 대해 '지식'으로서 아는 게 거의 없다." 그는 솔직하게 자신도 잘 모른다고 말했다. 어쩌면 신을 한 번도 만나 보지 못한 인간이라면 이렇게 말하는 게 맞을지도 모른다. 그는 신이나 삶의 목적이 과학적 사실처럼 증명

되거나 설명될 수 있는 대상이 아니라고 보았으며, 오히려 그는 이런 형이상학적 문제에 대해 알고 있는 것처럼 말하는 태도 자체를 경계했다. 그럼에도 불구하고, 그가 분명히 안다고 말할 수 있는 것은 바로 이 세계가 존재한다는 사실, 그리고 자신이 그 세계 안에 배치되어 있다는 사실이었다. 그런데 여기서 한 가지 문제는 세계는 있는 그대로의 사실들이지만, 우리는 거기에서 멈추지 않고 왜 이 세계가 존재하는가, 이 삶은 나에게 무엇인가, 도대체 이 모든 것의 의미는 무엇인가라고 질문하게 되는 존재라는 것이다. 이 질문들은 수학 문제처럼 풀 수 있는 성질의 것이 아니기에 비트겐슈타인은 설명할 수는 없지만, 또 계속 생각나는 이 물음을 "세계의 의미"라고 부르며 이렇게 말했다. "삶의 의미, 즉 세계의 의미를 우리는 '신'이라 부를 수 있다." 여기서 그가 말하는 신은 종교에서 상상하는 인격적 존재라기보다는, 우리가 끝내 설명할 수는 없지만, 분명히 문제로서 경험하게 되는 세계 전체의 궁극적의미를 가리키는 말이다. 즉, 삶의 의미는 이론으로 정복할 수 있는 대상이 아니라, 우리가 세계를 어떻게 바라보고, 어떻게 살아가느냐의 문제라는 것이다. 그리고 이 설명할 수 없는 세계와 삶의 의미 앞에서, 우리는 함부로 재단하거나 가볍게 말하기보다는 오히려 침묵과 경외의 태도를 가져야 한다. 비트겐슈타인의 관점에서 '삶의 의미'는 삶이라는 책 안에 적혀 있지 않다. 의미는 책 밖에서 그 책을 바라볼 때 생긴다. 당신이 소설을 읽는다고 생각해 보자. 주인공은 여러 일을 겪을 것이다. 사랑하고, 헤어지고, 싸우고, 화해한다. 하지만 그 사건들 자체는 의미가 없다. 의미는 그 이야기를 읽는 독자가 부여하기 때문이다. "아, 이 이야기는 용서에 관한 거구나", "이건 성장에 관한 이야기네"라며 의미를 부여하고 가치를 매기는 순간 그 책은 그 사람에게 좋은 책이 된다. 이는 우리의 삶도 마찬가지다. 아침에 일찍 일어나 밥 먹고, 일하고, 사람을 만나고, 다시 잠든다. 이 사건들 자체에는 의미가 없다. 그저 일어나는 일들일 뿐이다. 의미는 이 모든 것을 어떤 관점에서 바라보느냐에 달려 있다. 그래서 사람들이 "나는 무엇을 위해 사는가?"라고 묻는 것은 평생 답을 찾지 못하는 질문을 하는 것일지도 모른다. 목적은 삶 밖에서 정해지는 것이다. 망치를 생각해 보자. 망치는 못을 박기 위해 존재한다. 망치의 목적은 못을 박으려는 사람의 의도에 있기에 가치가 생긴다. 이처럼 삶 자체는 목적이 없고, 목적은 삶을 사는 당신이 정하는 것이다. 사람들이 다 가져도 자신이 왜 태어났는지, 왜 살아야 하는지 답을 못 찾고 공허함 속에서 헤매는 이유는 승진, 연봉, 집, 차와 같은 삶 안에서 의미를 찾으려 했기 때문이다. 의미는 당신이 만드는 것이다. 당신이 삶을 어떻게 볼 것인가, 무엇을 중요하게 여길 것인가를 정할 때 의미가 생긴다. 그래서 삶의 의미는 하나의 정답이라기보다는, 하나의 방향에 가깝다. 그것은 각자가 세운 가치와 선택한 태도, 그리고 세계를 향한 응시 속에서 형성된다. 어떤 이에게는 사랑으로, 어떤 이에게는 책임으로, 또 다른 이에게는 진리에 대한 탐구로 나타날 수도 있다. 중요한 것은 그 내용이 아니라, 그런 태도를 가능하게 하는 시선이다. 삶은 이미 하나의 세계이며, 우리는 그 세계를 향해 서 있다. 그리고 세계의 의미는, 우리가 그것을 어떻게 바라보느냐에 따라, 다른 모습으로 드러난다.

“나는 신이나 삶의 목적에 대해 ‘지식’으로서 아는 게 거의 없다.”

003

영원을 사는 자는
시간을 벗어난다

자신의 고민거리를 글로 써보는 것이 좋은 이유는 나중에라도 그 고민을 다시 보게 되었을 때, 영원할 것 같았던 나의 어려움이 사실은 영원하지 않았다는 것을 깨닫게 되기 때문이다. 그리고 그때 비로소 알게 된다. 어쩌면 우리가 생각하는 영원이라는 감각이 시간 속에 있는 게 아닌, 마음속에 있는 걸지도 모른다는 것을 말이다. 비트겐슈타인도 이런 비슷한 말을 했다. "영원이라는 것이 무한한 시간이 아닌 시간의 소멸이라면, 현재에 사는 사람은 이미 영원 속에 산다고 할 수 있다.”

우리는 시간 속에 산다고 믿기 때문에 늘 과거를 곱씹거나 미래를 앞당겨 걱정하고 그 시간대에 매여 정작 현재를 살아가는 방법은 잊어버린다. 현재를 산다는 것은 시간을 틈틈이 아껴 쓴다는 말이 아니다. 성공하지 못한 하루일지라도, 불안이 가득한 하루일지라도, 그럼에도 하루를 살아낸다는 사실, 그 안에서 자신의 감정과 생각을 들여다보며 받아들이려는 태도, 그것이 현재를 사는 사람들이 갖고 있는 자세다. 그런데 사람들은 자꾸 무언가에 쫓기듯 시간을 보낸다. 하지만 어떤 이는 10대에 방황하고, 20대에 자신이 원하는 것을 찾다가, 30대에 비로소 맞는 일을 만나고, 40대가 되어서야 조금씩 잘해 나가는 사람이 되기도 한다. 그래서 꼭 이것이 옳을까, 저것이 맞을까 생각하며 옳은 선택만을 하려고 하지 않아도 괜찮다. 아이들은 이분법적인 사고를 하며 살지 않는다. 순간 좋으면 좋아하고, 싫으면 싫어하고 현재에 충실히 산다. 그래서 신나게 노는 아이들에게 시간은 느리게 흐르고, 하루는 길게만 느껴진다. 마치 영원할 것처럼 말이다. 하지만 어른이 되면 밥을 먹으면서도 내일의 일을 걱정하고, 누군가와 대화하면서도 어제의 실수를 떠올린다. 그러다 보니 정신 차리면 한 달과, 일 년이 금방 지나가게 되고, 우리는 나이가 들어버렸음을 깨닫게 된다. 그러나 인생에서 중요한 것은 얼마나 오래 사느냐가 아니라, 어떻게 사느냐다. 백 년을 살아도 현재를 놓치며 사는 사람이 있는가 하면, 하루를 살아도 매 순간을 온전히 살아내는 사람이 있다. 비트겐슈타인은 바로 후자의 사람을 가리켜 영원 속에 사는 사람이라고 말한 것이다. 그가 우리에게 전하려는 것은 단순하다. 삶은 미래의 목적을 향해 달려가는 과정이 아니라, 이미 이 순간 속에 완전한 형태로 놓여 사는 사람이 더 큰 일을 해낼 수 있다는 것이다. 그리고 우리가 그 진리를 알아차리는 순간, 우리는 그의 철학적 의미에서 '영원 속에 사는 사람'이 될 수 있다.

"영원이라는 것이 무한한 시간이 아닌

시간의 소멸이라면,

현재에 사는 사람은 이미 영원 속에 산다고 할 수 있다."

"영원이라는 것이 무한한 시간이 아닌

현재에 사는 사람은 이미 영원 속에 산다고 할 수 있다."

004

죽음은
삶의 사건이 아니다

현재에 사는 것이 영원이라는 것을 알았다면, 이제 사람들이 가장 두려워하기도 하고 미지의 세계인 죽음에 대해 마주해 볼 필요도 있다. 비트겐슈타인은 죽음에 대해 이렇게 말한다. "죽음은 삶의 사건이 아니다. 사람은 죽음을 체험하지 못한다." 참 난해한 말이다. 죽음을 체험하지 못한다니? 우리는 죽지 않는가? 하지만 조금 깊이 생각해 보면 우리가 체험할 수 있다는 것은 살아있는 기간에 국한된다. 기쁨, 슬픔, 고통, 즐거움 같

은 것들은 우리가 경험할 수 있는 것이지만 죽음 이후
에는 경험될 수 없는 것들이다. 왜냐하면 우리가 죽으
면 더 이상 경험하는 주체가 사라지기 때문이다. 고대
철학자 에피쿠로스도 비슷한 말을 했다. "죽음은 우리
와 아무 상관이 없다. 우리가 있을 때 죽음은 없고, 죽
음이 있을 때 우리는 없다." 비트겐슈타인도 이와 비슷
한 생각이었다. 그렇다고 해서 죽음을 가볍게 여기라
는 뜻은 아니다. 사람들이 진짜로 두려워하는 것은 사
실 죽음 그 자체가 아니라 죽어가는 과정이다. 병으로
고통을 겪는 것, 사랑하는 사람과 헤어지는 것, 평생 몸
바쳐 온 꿈을 포기하는 것. 이런 것들은 실제로 겪을 수
있고, 느낄 수 있고, 상상할 수 있기 때문에 공포를 느
낀다. 그래서 우리가 두려워하고 있는 대상이 무엇인
지 다시 생각해 보라는 것이다. 그럼에도 사람들은 끊
임없이 천국과 지옥, 환생, 영혼의 세계 같은 죽음 이후
를 더 궁금해 한다. 그러나 비트겐슈타인이 보기에 이
런 문제들은 설명할 수 있는 영역이 아니었다. 물론 믿
고자 한다면 믿을 수 있다. 하지만 이건 삶의 문제가 아

니라 신앙의 문제다. 철학이 다룰 수 있는 영역은, 우리가 말할 수 있고 경험할 수 있는 삶 안의 문제이지, 그 바깥의 세계는 아니다. 즉, 비트겐슈타인이 말하는 죽음에 대한 올바른 태도는 죽음을 미래의 사건으로 여기지 않는 것이다. 언젠가 닥칠 '무언가'로 생각하는 대신, 삶을 규정하는 하나의 한계로 받아들여야 한다. 죽음은 액자와 비슷하다. 액자는 그림이라 할 수는 없지만, 액자가 있기에 그림과 배경을 구분하게 해 주고, 경계를 만들어 완성된 형태를 갖는다. 죽음도 마찬가지다. 삶의 일부는 아니지만, 삶을 하나의 완결된 것으로 만들어 주는 경계다. 만약 시간상으로 놓고 볼 때 인간이 아프지 않고 영원히 산다면 하루를 그렇게까지 소중하게 생각하지 않을 것이다. 그래서 죽음은 신이 우리의 삶을 진지하게 만들고 현재를 붙잡게 하는 장치이자, 축복일지도 모른다. 삶의 유한성이야말로 우리로 하여금 현재를 살아가게 만들기 때문이다. 그러니, 죽음 이후에 것들은 너무 깊이 생각하지 말자. 오늘을 헛되이 쓰지 않는 것, 오늘 할 수 있는 최고의 경험을 하는 것, 유한한 시간 안에서 내가 할 수 있는 선택을 똑바로 바라보는 것이 더 중요하다. 지금을 제대로 살아내는 사람에게 남는 것은 후회가 아니라 좋았던 기억이 남게 될 테니 말이다.

**"죽음은 삶의 사건이 아니다.
사람은 죽음을 체험하지 못한다."**

005

말해지는 삶과
살아지는 삶의 차이

사람들은 자신과 세계를 분리해서 생각한다. 특히, 자신은 특별한 무대 위의 배우이고, 세계는 받쳐주는 무대 배경 정도로 본다. 하지만 비트겐슈타인은 이렇게 말한다. "세계와 삶은 하나이다." 이 말은 무슨 뜻일까? 우리가 눈을 감으면 아무것도 보이지 않게 되고, 귀를 막으면 소리가 들리지 않게 된다. 자신의 감각을 막으면 우리의 세계에는 꽃, 사람, 노을, 노래 같은 것들은 들을 수 없고, 볼 수도 없게 된다. 이처럼 세계는 우리

와 별개의 사건이 아닌, 삶 속에서 펼쳐지는 것이라고
봐야 한다. 병으로 집에 누워 있는 사람을 생각해 보면,
그의 세계는 침대와 천장, 그리고 창밖 풍경이 전부일
수 있다. 그에게 아무리 바깥세상의 이야기를 해도, 그
는 그것을 이해하지 못하고 상상만 한다. 왜냐하면 그
가 실제로 살아내고 있는 세계는 그 공간 안에 한정되
어 있기 때문이다. 이 점을 극적으로 보여주는 사례가
바로 이른바 '늑대소년'이라 불린 야생아들이다. 1920
년대 인도에서 발견된 아말라와 카말라의 기록은 진위
논란이 있으나, 그 행동과 특징은 야생에서 자란 인간
이 어떤 세계를 산다고 여길 수 있는지를 잘 보여준다.
두 아이는 네 발로 움직였고, 생고기를 선호했으며, 밤
에는 늑대처럼 울부짖었다. 사람의 표정이나 말소리를
거의 이해하지 못했고, 시각보다 냄새와 소리에 강하게
반응했다. 그들이 실제로 경험하며 살아온 세계는 인
간 사회가 아니라, 먹이를 찾아 움직이고 즉각적인 감
각 신호로 소통하는 늑대 무리의 세계였다. 언어도 규
칙도 관계의 의미도 없는, 오직 생존을 중심으로 한 좁

고 본능적인 세계가 그들의 삶을 이루었다. 프랑스의 '아베롱의 빅터' 역시 중요한 사례이다. 빅터는 1798년 프랑스 남부 아베롱 숲에서 발견된 야생 소년으로, 발견 당시 나이는 대략 11~12세로 추정된다. 그는 오랫동안 숲에서 혼자 살아온 것으로 보였고, 사람의 도움 없이 자연 속에서 생존해 왔다. 빅터는 옷을 불편해했고, 추위와 더위에 둔감했으며, 인간의 언어나 감정을 거의 이해하지 못했다. 그가 반응하는 것은 주로 소리, 냄새, 빛과 같은 강한 자극이었고, 인간과의 관계는 이해할 구조 자체가 없었다. 다시 말해, 빅터의 세계는 우리가 말하는 사회적 세계가 아니라, 숲이라는 환경에서 감각적으로 즉각 반응하며 살아가는 세계였다. 그에게 "사회", "시간", "규칙" 같은 개념은 존재하지 않았다. 그의 삶 속에는 그런 것들이 펼쳐져 있지 않았기 때문이다. 이처럼 세계는 삶의 바깥에서 펼쳐지는 거대한 무대가 아니라, 우리가 어떤 감각을 통해 무엇을 경험하고 어떤 방식으로 살아가는지에 따라 구성되는 것이다. 삶의 범위가 좁아지면 세계도 좁아지고, 삶의 양식이 달라지면 세계도 완전히 달라진다. 비트겐슈타인이 말한 "세계와 삶은 하나이다"라는 문장은, 우리가 살아내는 방식이 곧 세계의 크기와 구조를 결정한다는 사실을 가장 잘 보여준다. 그래서 나의 세계는 내가 보고, 듣고, 이해할 수 있는 것들의 범위 안에서만 존재한다. 즉, 세계를 넓힌다는 것은 내가 어떤 개념과 언어로 세계를 구성하고 있는지 자각하는 일이다. 한정적인 자신의 세계를 더 나은 세계로 바꾸고 싶다면, 더 풍부하고 아름다운 것들을 접해야 한다. 귀찮고 힘들다는 이유로 매일 같은 것을 보고, 같은 것만 들으면 그 세계는 한정적이게 될 것이다. 조금은 피곤하고, 여유가 없더라도 짧은 시간 속에서 더 나은 세계를 경험하며 나의 시야를 넓혀야 한다. 특히 더불어 가는 세상에서 살아가고 있기 때문에 인간관계에서도 중요하다. 내가 같은 사람들하고만 있으면, 나의 세계는 그들의 사상과 가치관으로 구성되게 된다. 그래서 끼리끼리 유유상종이라는 말이 있는 것이다. 부정적인 말만 하는 사람을 주변에 두면 나의 세계는 부정적인 세계가 될 것이고, 긍정적이고 진취적인 말을 하는 사람을 주변에 두면 나의 세계는 긍정적으로 변하게 된다. 내가 매일 보고, 듣는 것들이 나의 세계를 이끌어가게 두지 않게 하기 위해서는 똑같은 삶, 똑같은 사람만 만나지 말고 새로운 세계를 확장해야 한다. 비트겐슈타인에게 세계를 바꾼다는 것은 삶을 바라보는 방식과 세계를 읽는 방식을 다시 보는 일이다. 만약 당신의 세계가 한정적이라 느껴진다면 새로운 시야, 새로운 언어로 세계를 새롭게 읽어보길 바란다.

"세계와 삶은 하나이다."

006

말할 수 없고
보이기만 하는 것

비트겐슈타인은 이런 말을 한 적이 있다. "독아론이 의미하는 바는 완전히 옳다. 다만, 그것은 말해질 수 없고 보일 뿐이다." 독아론이란 무엇인가? 세상에 나만 존재하며, 다른 사람들도 나의 경험 속에만 존재한다는 생각이다. 처음 들으면 독아론이 옳다고 말하는 비트겐슈타인이 이상한 사람처럼 보일 수도 있다. 하지만 먼저 판단하기 전에 잠깐 생각해 보자. 우리는 타인의 고통을 실제로 느낄 수 있는가? 아니다. 상대방이 아픈

건 그 사람이 "아파"라고 말하는 것을 듣고, 아플 것이라고 추측할 뿐이다. 친구가 행복하다는 것도 웃는 모습을 보고 "친구가 행복하구나"라고 생각하지만 친구가 느끼는 행복의 크기가 얼마나 큰지 직접 경험할 수 없다. 그렇다면 우리가 타인에 대해 아는 것이 아닌, 우리의 느낌과 경험으로 해석하고 있는 것이다. 이는 보는 것도 마찬가지다. 상대가 보는 빨강과 내가 보는 빨강이 같다고 할 수 있는가? 아니다. 둘 다 "빨갛다"라고 말하지만 상대방이 경험하는 빨강의 색감과 내가 경험하는 빨강이 정말 똑같은 색인지 확인할 방법이 없기 때문이다. 비트겐슈타인은 이를 보고 자신의 경험 속에만 존재한다는 독아론이 옳다고 한 것이다. 그러나 그는 독아론이 말해질 수 없고 보일 뿐이라고 말했다. 그 이유는 "나만 존재한다"는 말 자체가 모순이기 때문이다. 만약 "나"라는 개념이 있으려면, "너"라는 개념이 있어야 한다. '남'이 없는 세상이라면 "나"라는 개념 자체가 생기지 않게 되기 때문이다. 이처럼 "나"는 "남"과의 구분 속에서만 존재하게 되는데 독아론은 "나"를 주체

로 두고 말하고 있기 때문에 말로 설명할 수 없으며 그
저 보일 뿐이라고 말한 것이다. 이런 모순적인 그의 철
학은 오늘날 우리가 타인을 대할 때 어떤 마음을 가져
야 하는지 보여준다. 우리는 사람들과 지내면서 크고
작은 다툼을 겪게 된다. 그리고 다툼의 대부분은 타인
이 나를 이해해 줄 거라 생각하는 마음에서 시작될 때
가 많다. 애초에 기대 자체를 하지 않으면 바라는 게 없
어서 상대가 나를 공격하지 않는 이상 싸울 일이 생기
지 않게 된다. 그런데 내가 상대방에게 한 만큼 나에게
해주지 않거나 혹은 나의 아픔에 공감해 주지 않을 때
배신감을 느끼고, 상처받게 된다. 하지만 독아론에는
자신의 경험과 세계만 있기 때문에 상대방은 나의 아
픔과 어려움을 제대로 이해하지 못한다. 그래서 아무리
친하고, 가까운 사이라 해도 나와 같은 생각을 하고, 나
를 이해해 주며 공감해 줄거라 생각하지 않아야 한다.
이렇게 생각하면 혼자서 세상을 헤쳐나가는 기분이 들
어 고독할 수도 있다. 그러나 동시에 관점을 바꾼다면
우리는 더 자유로운 사고할 수 있다. 타인이 나를 제대

로 이해하지 못한다면 내가 무엇을 하든, 어떤 마음으로 살든 그들에게 설명해도 이해하지 못하는 건 당연하다. 즉, 내가 무언가를 할 때 타인의 시선과 말에 지레 겁먹을 필요가 없다는 것이다. "이렇게 하면 나를 싫어할까?" "나를 이상하게 보면 어떡하지?"라는 생각들로 자신의 진심으로 외면하지 말아야 한다. 일단 하고 그 결과로 보여주면 되는 것이지 그들을 다 이해시키고 나서야 무언가를 하려고 한다면 아무것도 이룰 수 없다. 애초에 모두를 만족시킬 수도 없고 그럴 필요도 없다. 우리는 각자 자신의 세계를 가지고 살아간다. 그 세계를 지키고 넓히는 일은 언제나 내 선택, 내 용기, 내 행동에서 시작된다. 남이 알아주지 않아도 나를 규정하는 건 타인의 시선이 아니라 내가 쌓아온 경험과 내가 앞으로 만들 세계다. 그래서 이해받으려 애쓰기보다 내가 옳다고 믿는 방향으로 걸어가야 한다. 비트겐슈타인은 이런 말을 했다. "나는 나의 세계다." 이 말은 내가 사용하는 언어가 규정하는 범위 안에서만 내가 세계를 이해할 수 있다는 뜻이다. 그런데 자존감이 낮은 사람은 세계를 바라보는 언어를 사용할 때, 큰 것에서 자신을 바라본다. 우주에서 정말 작은 존재, 7억 명 사람 중 재능 없는 사람 이렇게 큰 것에서 작은 자신을 생각한다. 하지만 비트겐슈타인은 정반대로 말한다. 당신이 곧 세계며, 당신 없이는 세계도 없다. 세계는 당신을 가두는 감옥이 아니라, 당신이 펼쳐야 하는 무대라고 말이다. 그러니 당신이 얼마나 힘들고, 아픈지 설명하려 들지 말고 보여주며, 자신의 세계를 펼치고 목표를 향해 달려가길 바란다.

**"독아론이 의미하는 바는 완전히 옳다.
다만, 그것은 말해질 수 없고 보일 뿐이다."**

Chapter. 07

언어 게임,
삶의 형식

Wittgenstein

단어가 아니라
쓰임이 의미를 만든다

요즘 들어 사람들은 단어에 많이 집착하는 모습을 볼 수 있다. 특정 단어를 사용하면 이상한 사람으로 몰아가고, 때로는 무식하게 보기도 하고, 심지어 단어 하나로 인해 오랜 친구와 사이가 멀어지기도 한다. 하지만 비트겐슈타인은 이렇게 말했다. "낱말의 의미를 묻지 말고, 그 쓰임을 보라." 이 말은 우리가 언어를 이해하는 방식을 어떻게 접근해야 하는지 알려준다. 보통은 단어의 의미를 보고 그 의도를 해석하지만, 그는 쓰임

을 보고 그 의도를 보라고 말한다. 그의 철학에서 의미
는 우리가 그 단어를 어떻게 사용하느냐에 달려 있기
때문이다. 예를 들어 "게임"이라는 단어를 생각해 보자.
축구도 게임이고, 체스도 게임이며, 아이들의 술래잡기
놀이도 게임이다. 그렇다면 모든 게임에 공통된 본질이
있을까? 어떤 게임은 공을 사용하지만, 어떤 게임은 그
렇지 않다. 어떤 게임은 승패가 있지만, 어떤 게임은 그
저 즐기기 위한 것이다. 게임이라는 단어에는 고정된
본질이 없다. 그저 "가족 유사성"처럼 서로 비슷한 특징
들이 겹쳐 있을 뿐이다. 그런데 누군가는 '게임'이라는
단어의 뜻이 '규칙을 정해 놓고 승부를 겨루는 놀이'라
고 해서 꼭 승패를 가르려고 의미를 지나치게 부여해
싸움을 만든다. 누군가는 "뭐 어때 게임일 뿐인데"라며
재미의 의미를 부여해 싸울 게임도 재밌게 풀어간다.
멍청한 사람은 단어에 집착하고 똑똑한 사람은 의미에
집착한다. 이는 게임뿐만 아니라 다른 단어들도 똑같
다. "사랑"이라는 단어도 연인끼리 나누는 달콤한 속삭
임, 부모가 자식을 향한 헌신, 친구 사이의 깊은 신뢰.

이 모든 것이 "사랑"이라는 말로 불린다. 하나의 정의로 묶을 수 없지만, 사람들은 사랑이라는 말로 자신들만의 의미를 만들어간다. 똑똑한 사람들은 "사랑"이라는 단어를 자신들의 쓰임에 따라 해석하고 받아들이고 멍청한 사람들은 사랑이라는 명분으로 받은 명품, 거대한 선물 등을 사랑이라 여기며 "쟤는 저런 사랑을 받는데 나는 그런 사랑을 받지 못해"라며 불행하게 생각한다. 비트겐슈타인이 우리에게 가르치는 것은 이것이다. 의미를 찾아 헤매지 말고, 있는 그대로 받아들여라. 행복이 무엇인지 고민하지 말고, 행복하게 사는 법을 배워라. 단어의 의미는 우리가 그것을 어떻게 의미 부여하느냐에 따라 달라진다. 또한 그 말을 어떤 방식으로 사용하는가도 중요하다. 내가 "사랑해"라는 말을 가볍게 던지면, 그 사랑은 가벼워질 것이고, "약속"이라는 말을 함부로 쓰면, 신뢰감을 잃은 양치기 소년이 될 것이다. 반대로, 내가 말을 신중하게 사용하면 그 말은 힘을 갖게 되고, 타인의 마음을 움직일 것이다. 그래서 비트겐슈타인은 뜻을 찾지 말고, 사용을 보라고 말한 것이다.

너무 계산적인 시선과 생각으로 말의 의미를 정의하려 든다면, 세상이 참 복잡하고 싸울 것들이 많아질 것이다. 이런 복잡한 삶을 살고 싶지 않다면 낱말의 의미를 집요하게 보지 말고, 그 쓰임을 보는 사람이 되길 바란다.

"낱말의 의미를 묻지 말고, 그 쓰임을 보라."

언어는 게임처럼
규칙을 따른다

야구에는 분명한 규칙이 있다. 스트라이크 존을 벗어나면 볼이 되고, 타자가 친공이 파울 라인을 넘기면 파울이 된다. 누가 억지로 만든 것이 아니라, 모두가 경기를 공정하게 즐기기 위해 세워 놓은 약속 같은 것이다. 그리고 사람들이 이 규칙을 이해하고 따를 때만 야구 경기가 성립된다. 비트겐슈타인은 이런 점에서 언어를 '게임'에 비유해 이렇게 말했다. "언어를 게임으로 생각해라. 말하는 것은 규칙에 따라 행동하는 것이다." 예를 들어 "안녕하세요"라고 인사하면, 상대방도 "안녕하세요"라고 답한다. 이는 누가 법으로 정한 것은 아니지만, 우리는 모두 이 규칙을 알고 그에 따른 대답을 하는 것이다. 만약 누군가 "안녕하세요"라는 인사에 "사과 세 개요"라고 답한다면 그 사람이 언어의 규칙을 따르지 않았기 때문에 대화가 통하지 않게 된다. 이처럼 언어에는 명령하기, 질문하기, 이야기하기, 농담하기 같은 각각의 규칙을 가진 언어 게임이라는 것이다. "물 좀 주세요"라는 말은 부탁의 게임이고, "날씨가 좋네요"라는 말은 인사의 게임이다. 그리고 이 언어 게임의 답변에는 각각 다른 규칙을 가지고 있는데 명령에는 복종이나 거절이 따르고, 사랑 고백에는 수용이나 거절이 따른다. 그런데 많은 사람이 이 규칙을 제대로 이해하지 못하고 "물 좀 줄래"라는 부탁의 게임을 명령으로 받아들여 화를 내고, 누군가는 "예쁘네"라는 칭찬의 게임을 비꼰다고 짜증을 낸다. 이는 상대의 언어 규칙을 이해하고 받아들이는 사람과, 언어의 규칙이 자신에게만 있다고 생각하는 사람의 차이이다. 상황에 따라, 맥락에 따라, 그리고 말하는 사람의 의도에 따라 언어는 다르게 작동하는데 자신의 규칙이 모두에게 적용된다고 생각하는 사람은 그대로 보지 못하는 것이다. 그래서 대화할 때 중요한 건 각각의 언어의 규칙을 잘 이해하는 것이다. 그것을 잘 이해하려면, 하나의 정답만 있다고 생각하지 않아야 한다. 언어는 사람마다 쓰는 규칙이 달라 때로는 사실을 전달할 때 쓰이는 규칙이 되기도 하고, 때로는 농담이 되고, 또 어떤 때는 위로가 되기에 언어를 정해진 틀 속의 도구가 아닌 게임이라고 생각해야 한다. 그리고 그렇게 자신만의 규칙을 고집하기보다 서로의 규칙을 이해하고, 그 안에서 의미를 만들어갈 때 대화는 자연스러워지게 된다. 예를 들어 누군가 "바쁘신데 죄송해요"라는 말을 했을 때 그 미안한 마음을 이해하고 "괜찮습니다. 한가해서 곤란해하고 있었어요"라고 말한다면 그 사람은 자신의 규칙에 맞는 답변을 받았기에 웃을 수밖에 없다. 이처럼 언어를 단순한 전달 수단으로만 이해하는 게 아닌, 인간이 서로를 이해하기 위해 만들어낸 가장 인간적인 놀이임을 깨닫게 된다면 더욱 재밌고, 행복한 대화를 만들 수 있을 것이다. 만약 자신이 유독 대화하면 다툼이 일어난다면 서로에게 맞는 언어의 규칙의 대화를 해보길 바란다. 그 게임의 규칙이 맞게 된다면 더 나은 대화를 하게 될 것이다.

"언어를 게임으로 생각해라.
말하는 것은 규칙에 따라 행동하는 것이다."

문법이 곧 우리 삶의 형식이다

"문법"이라는 단어를 들으면 무엇이 떠오르는가? 주어, 동사, 목적어 아마도 학창 시절 지겹게 외웠던 문장 규칙들이 먼저 생각날 것이다. 비트겐슈타인은 이 '문법'에 주목하며 이렇게 말했다. "우리 언어의 문법이 세계의 윤곽을 결정한다." 무슨 뜻일까? 우리는 보통 시간을 "시간이 갔다", "미래를 향해 나아간다" 이렇게 미래는 앞, 과거는 뒤라고 당연하게 받아들인다. 그런데 남아메리카 안데스산맥의 아이마라Aymara어에서는 시간의 방향이 완전히 다르다. 그들은 과거를 '앞/위', 미래를 '뒤/아래'로 놓는다. 과거는 이미 보았고 알고 있는 것이기 때문에 "눈앞에 있다(앞/위)"고 본다. 반대로 미래는 아직 보이지 않고 모르는 것이기 때문에 "뒤에 있다(뒤/아래)"고 본다. 그래서 작년에 "무슨 일이 있었는지 나는 앞에서 보고 있다"고 생각하고, 내년은 "내 뒤쪽에 있어서 아직 볼 수 없다"고 생각한다. 즉, 우리는 미래를 향해 흘러간다고 느끼지만, 아이마라 사람들에게는 미래가 뒤에서 밀려와서 나에게 닿는 방식으로 다가온다. 그리고 과거는 앞에 펼쳐진 지도처럼 이미 확인한 길이 되는 셈이다. 이 외에도 한국어로 "나는 춥다"라는 말은 주체자인 내가 추움을 느끼는 것이 된다. 하지만 러시아어로 직역하면 "나는 춥다"가 아니라 "나에게 추움이 있다"라는 말이 된다. 감정이나 상태가 내가 느끼는 것이 아닌, '나에게 일어나는 현상'으로 인식된다는 것이다. 이것은 표현의 차이가 아니다. 고통을 대하는 태도, 삶을 바라보는 관점이 다른 것이다. 비트겐슈타인이 이 점을 말하고자 했다. 우리가 무엇을 중요하게 여기는지, 어떻게 관계를 맺는지, 무엇을 가능하다고 생각하는지 그것을 표현하는 문법이 우리가 살아가는 윤곽을 결정한다는 것이다. 그런데도 사람들은 자신이 쓰는 말의 형식이 당연하다고 생각한다. 그래서 한 번쯤은 자신의 말투, 문법을 생각해 볼 필요가 있다. 예를 들어 "나는 실패했다"라는 문법은 나를 실패한 사람으로 만든다. 하지만 "나는 실패를 경험했다"라는 말은 나를 실패를 경험한 사람으로 만들지, 나를 실패한 사람으로 만들지는 않는다. 다른 말도 마찬가지다. "나는 왜 이렇게 불행해"라는 말은 나를 불행한 사람으로 만들지만, "나는 지금 불행한 상태야"라는 말은 지금은 잠깐 불행하지만, 언제든 변할 수 있다는 말이 된다. 이처럼 문법은 가능성의 공간이다. 우리가 어떤 문법을 쓰느냐에 따라 나의 가능성을 연다. "나는 항상 이래", "나는 안 변해", "어차피 안 돼" 이런 문법은 나를 가두는 사람으로 만들 것이고, "나는 지금까지는 이랬지", "이런 면도 있지만 저런 면도 있어", "해볼 만해" 이런 문법들은 나의 가능성을 열어줄 것이다. 문법은 우

리 삶의 윤곽을 만들어주는 도구니, 어떤 문법으로 나
의 윤곽을 잡을지 생각해 보길 바란다.

"우리의 언어의 문법이 세계의 윤곽을 결정한다."

규칙은 해석이 아니라
실천이다

우리는 보이는 규칙과 보이지 않는 규칙이 복합적으로 얽힌 환경 속에서 살아가고 있다. 법과 제도, 조직에서 정해 놓은 규범, 사회적 예의, 그리고 사람들 사이에서 자연스럽게 형성된 관습 등은 모두 이러한 규칙의 범주에 포함된다. 이 규칙들은 개인의 행동이 어떤 방향으로 나아가야 하는지를 지속적으로 제시하며, 안전하게 살아가는 방법과 사회적 관계를 원만하게 유지하는 방식을 알려주는 역할을 한다. 그로 인해 사람들은 규칙을 준수하는 것이 곧 삶의 질서를 유지하는 길이라고 인식하게 된다. 교통 규칙을 지키면 사고의 위험을 줄일 수 있고, 조직의 절차를 따르면 업무가 안정적으로 운영된다. 이와 같은 반복적 경험은 규칙이 삶의 기준을 제시한다는 믿음을 더욱 견고하게 만든다. 그러나 그 길이 언제나 옳거나, 개인이 반드시 따라야 하는 길이라고 단정할 수는 없다. 처음에 담배가 생겼을 때도 그랬다. 한때 실내 흡연은 자연스러운 관습이었고, 금연 규칙은 지금보다 훨씬 가벼웠다. 그러나 건강권과 공공 안전에 대한 인식이 강화되면서 실내 흡연 금지가 법제화되고, 금연 구역이 대폭 확대되었다. 과거에는 허용되던 행동이, 사회적 실천이 변화하면서 엄격한 규칙으로 바뀐 사례다. 이처럼 이전에 이미 마련된 규칙이라고 해도, 그 규칙을 구성하는 사회의 구성원들이 이를 관습적으로 받아들이고 지속적으로 실천할 때만 규칙은 의미를 갖게 된다. 비트겐슈타인도 이 부분을 문제 삼으며 이렇게 말했다. "규칙은 길 표지판처럼 세워져 있다. 표지판이 세워져 있다고 내가 가야 할 길에 대해 조금의 의심도 없는가? 아니다. 표지판은 관습과 실천이 없다면 아무런 쓸모가 없다." 규칙의 가치는 그것이 존재한다는 사실 자체에 있는 것이 아닌, 사람들이 그 규칙을 인정하고 반복적으로 실행함으로써 만들어지는 공동의 실천에 의해 비로소 형성된다. 그래서 규칙을 맹목적으로 따르는 태도는 옳지 않다. 규칙이 만들어진 배경과 목적을 이해하고, 그것이 지금의 삶과 환경에서 어떤 의미를 가지는지를 스스로 판단해야 한다. 또한 한때 유효했던 기준이라도 현재 상황과 맞지 않으면 다시 검토해야 한다. 비트겐슈타인이 말하고자 했던 건 규칙의 가치를 외부 권위에서 찾지 말고, 우리 스스로의 이해와 실천 속에서 찾으라는 것이다. 규칙은 삶을 옭아매는 장치가 아니다. 우리가 함께 만들어 가는 질서의 결과이며, 그 의미는 우리 행동의 방식에 따라 끊임없이 새롭게 형성되어야 한다. 그래서 어떤 규칙이나 조언이 앞에 놓여 있어도 내가 직접 움직이고 부딪혀보며 실천해야 한다. 우리는 종종 "이건 이렇게 해야 한다", "저건 하면 안 된다"는 식의 규칙을 절대적인 지침처럼 받아들여 그것을 너무 잘 따르려고 한다. 그래서 해보지도 않고 그대로 믿고 아무것도 하지 않거나, 나를 옭아매는 규칙이 많다며 포기할 때가 많다. 하지만 규칙은 그것을 실행해 본 사람에게만 적용되는 것이다. 해보지도 않았으면서 "그랬다던데", "아니라는데"라는 추측으로 규칙을 대하지 말아라. 이는 언어를 배울 때도, 악기를 배울 때도, 운동을 배울 때도 다 같다. 왜 이런 규칙이 생겼는지, 왜 이렇게 하면 안 되는지 해보고 생각해도 늦지 않다.

**"규칙을 따르는 것은 해석의 문제가 아니라
실천의 문제다."**

Chapter. 08

삶에 적용하는 비트겐슈타인 철학

Wittgenstein

언어의 덫에서 벗어나는
사고의 전환법

비트겐슈타인의 말처럼 사람은 언어로 생각하고, 언어로 판단하며, 언어로 세계를 이해한다. 그리고 그 언어가 우리를 자유롭게 만들기도 한다. 그러나 때론 언어는 보이지 않는 덫을 놓기도 한다. 비트겐슈타인은 이것을 유리병에 갇힌 파리에 비유하며 말했다. "철학의 목적은 파리를 파리통fly-bottle에서 빠져나오게 하는 것이다." 뚜껑이 열린 투명한 유리병 속에 파리를 넣어두면, 파리는 바로 나오지 못하고 계속 같은 곳만 들이

받는다. 날 수 있는 능력이 부족해서가 아니라, 뚜껑이 열린 것을 인식하지 못하기 때문이다. 이는 우리의 고 정관념을 매우 잘 비유한다. 사람들이 일상 속 겪는 문 제 가운데 상당수는 스스로가 만든 고정된 시각 때문 이다. 이미 알고 있다고 믿는 말들, '원래 그런 것'이라 여기는 관념들이 우리 사고의 경계를 만들고 그 안에 우리를 가둔다. 파리가 유리 벽을 향해 계속 부딪히듯, 사람도 익숙한 사고방식만 반복하며 새로운 관점을 시 도하지 못한다. 사람들이 새로운 것을 시도하지 못하는 것은 능력이 부족해서가 아니라, 세계를 바라보는 방 식이 고정되었기 때문이다. 따라서 우리가 어려움에서 빠져나갈 길이 보이지 않는다면 가장 먼저 해야 할 일 은 문제를 해결하려고 파고드는 것이 아니라, 내가 무 엇을 '문제라고 착각했는지'를 살피는 일이다. 예를 들 어 영업할 때 사람을 대하기 어려워하는 사람은 "거절 당하면 어떡하지?"라는 고정관념을 가지고 있을 때가 많다. 그러나 정말로 자신의 제품에 자신이 있는 사람 은 이런 걱정을 하지 않는다. "나는 저 사람에게 더 좋고 편한 선택지를 설명하는 사람일 뿐"이라고 생각하기 때문이다. 즉, 고정관념이 바뀌면 표현도 달라지고, 말이 달라지면 그 결과도 달라진다. 우리가 진짜 성장하는 순간은 능력이 향상될 때가 아닌, 나를 묶고 있던 틀이 깨질 때다. "나는 원래 이런 사람이다", "저건 절대 안 된다", "이 일은 이렇게 하는 게 맞다"와 같은 말들은 스스로를 안정시켜 주는 말처럼 보이지만, 동시에 스스로를 제한하는 규범이 된다. 이러한 말들이 만들어내는 심리적 유리 벽을 인식하지 못하면 변화의 기회는 그대로 지나간다. 따라서 우리는 때때로 익숙한 표현들을 내려놓고, 자신의 언어를 다시 바라보는 연습을 해야 한다. 말이 허용하지 않던 새로운 가능성은 바로 그 틈에서 시작된다. 이것이 파리통에서 빠져나오는 첫걸음이며, 스스로의 사고를 확장해 나가는 가장 현실적인 방법일 것이다.

**"철학의 목적은 파리를
파리통** fly-bottle **에서 빠져나오게 하는 것이다."**

002

말이 만든 세계 속에서
우리가 보게 되는 것들

위 그림에서 무엇이 보이는가? 얼핏 보면 오리의 옆

모습처럼 보인다. 왼쪽으로 길게 뻗은 부리, 둥근 눈,

부드럽게 이어지는 머리의 윤곽이 자연스럽게 오리를 떠올리게 한다. 하지만 조금 다른 관점을 제시하면 전혀 다른 모습이 드러난다. 이번에는 토끼다. 자세히 보면 오른쪽을 보고 있는 토끼 머리, 왼쪽으로 길게 솟은 귀, 둥글게 맺힌 눈이 토끼처럼 보이기도 하다. 이 그림은 비트겐슈타인은 언어철학을 설명할 때 "아스펙트 보기aspect-seeing"라고 부르며 예시를 들었던 착시 그림이다. 그는 이 그림을 설명하며 사람마다 다른 것을 보게 되는 이유는 '언어'에 있다고 말했다. 만약 이 그림을 보기 전에 "토끼"라고 먼저 말을 한다면, 사람은 그 말을 인식하고 토끼를 먼저 떠올리기 때문에 토끼의 특징인 귀와 털, 얼굴 방향을 찾게 된다는 것이다. 즉, 말이 바뀌면 개념이 바뀌고, 개념이 바뀌면 보이는 대상 자체가 달라진다는 것이다. 그래서 그는 "우리는 같은 그림을 보지만, 서로 다른 것을 본다"라고 말했다. 우리는 눈에 보이는 것만으로 모든 것을 판단하고 생각하지만, 사실은 삶에서 배운 언어적 틀, 개념적 구조가 그 이미지를 '어떤 것으로서as' 보게 만드는 것이다.

결국 같은 표현을 들었더라도 어떤 언어로 이해하느냐, 어떤 경험과 연결하느냐에 따라 그 의미는 전혀 달라진다. 예를 들어 회사에서 상사가 화를 냈을 때, 어떤 사람은 그것을 질책으로 받아들이고, 어떤 사람은 현명한 조언으로 받아들인다. 상황은 동일하지만, 해석의 틀이 다르기 때문에 말의 의미는 전혀 다른 방식으로 들리게 된다. 인간관계에서 오해와 갈등이 자주 발생하는 것도 바로 이러한 해석의 차이 때문이다. 그래서 타인의 말이나 행동이 당장 납득되지 않더라도, 세상은 하나지만 그 세상을 바라보는 관점은 여럿이기에 그 사람이 보고 있는 '세계'가 나와 다를 수 있음을 먼저 생각해볼 필요가 있다. 이런 역지사지의 생각을 할 줄 아는 사람은 관계에서 불필요한 오해를 줄이고, 더 넓은 시야로 상황을 바라보게 된다. 자신에게 보이는 것을 전적으로 믿는 사람보다 타인이 바라보는 세상도 상상할 수 있는 사람은 더 지혜롭게 살아갈 수 있을 것이다.

"우리는 같은 그림을 보지만, 서로 다른 것을 본다."

003

말할 수 없는 것에는 침묵해라

비트겐슈타인은 이런 말을 했다. "말할 수 있는 것에 대해서는 명확하게 말할 수 있다. 하지만 말할 수 없는 것에 대해서는 침묵해야만 한다." 세계에는 명확하게 말할 수 있는 것들이 존재한다. "물은 100도에서 끓는다", "서울은 대한민국의 수도다" 이런 명제들은 참과 거짓을 분명히 가릴 수 있기에 정확히 표현된다. 하지만 삶의 의미나 도덕적 가치, 아름다움 같은 것들은 논리로 증명할 수도, 검증할 수도 없다. 그렇다고 이것들이 덜 중요하냐고 묻는다면 그것 또한 아니다. 오히려 우리 삶에서 진정으로 중요한 것들일 때가 더 많다. 그래서 비트겐슈타인은 말할 수 있는 것에 대해서는 명확하고 정확하게 말하되, 말할 수 없는 중요한 것들에 대해서는 함부로 말하지 말라고 한 것이다. 침묵은 무지함을 드러내는 것이 아닌, 오히려 존중의 표현이 될 때가 많다. 그래서 말로 표현할 수 없는 것을 말하려고 할 때는 그 말이 침묵보다 나은 것이어야 한다. 이 점을 간과하고 자신이 궁금하다는 이유로, 자신이 솔직하다는 이유로 타인의 아픔을 들춘다면 아픔만 안겨주게 된다. 그런데 주변에 보면 불필요한 말로 상처를 주는 경우가 많다. "왜 아직도 결혼 안 했어?", "살 좀 빼야 하는 거 아니야?" 같은 질문들은 대답할 수 없는 복잡한 개인의 사정을 단순한 호기심으로 치부한다. 이런 말들은 가벼운 농담처럼 보일지라도, 듣는 이의 마음에는 오래된 상처를 다시 건드리는 화살이 될 수 있다. 결국 말의 무게를 가늠하지 못한 채 던진 한 문장이 관계를 멀어지게 만드는 것이다. 말은 사라지지만, 그 말이

남기는 감정은 쉽게 사라지지 않기 때문이다. 그러니 상황을 다 알지 못할 때 침묵하고, 화가 났을 때 침묵하고, 정확하지 않으면 침묵하고, 들어야 하는 사람이라면 침묵하고, 존중받지 못한다는 생각이 들면 침묵해라. 말해야 할 때와 침묵해야 할 때를 아는 것은 그 누구보다 현명한 사람이다.

"말할 수 없는 것에 대해서는 침묵해야만 한다."

004

생각을 명료하게 하는
세 가지 과정

사람들은 철학을 특정 이론이나 사상이 담긴 어려운 학문으로 받아들인다. 플라톤의 이데아론, 칸트의 선험철학, 헤겔의 변증법처럼 어려워 보이는 것들을 봐왔기 때문일 것이다. 그러나 비트겐슈타인은 "철학의 목적은 생각의 논리적 명료화이다"라고 말하며, 철학은 사고를 선명하게 만드는 것이라고 했다. 이 때문에 그는 철학을 제대로 활용하려면 먼저 언어부터 정리해야 한다고 판단했는데 그가 제시한 언어 정리 방식은 세 가지로 구분된다. 첫 번째, 사용하는 단어를 명확히 정의할 것. 두 번째, 자신의 명제를 논리적으로 분석할 것. 세 번째, 혼란스러운 표현을 구체적 표현으로 바꿀 것이다. 이 세 가지가 갖춰지면 사고 전체가 자연스럽게 명료해진다고 보았다. 예를 들어 "나는 성공하고 싶다"는 표현은 단어가 불명확하다. 성공이 무엇인지 기준이 없기 때문에 첫 번째 단계인 "나는 빠르게 진급하고 싶다"라고 단어를 정의하면 좋다. 그래도 조금은 두루뭉술한 문장이기에 두 번째 단계인 명제 분석을 통해 "나는 3년 안에 팀장이 되고 싶다"처럼 구체적 기준을 부여하면 하나의 목표로 정착된다. 이어서 세 번째 단계, 혼란스러운 표현을 더 구체적으로 바꾸면 실제로 어떤 행동을 선택할 수 있을지가 드러난다. "나는 1년 동안 프로젝트 두 개를 성공적으로 완수하겠다", "나는 매달 보고서 품질을 높이기 위해 글쓰기 훈련을 하겠다", "나는 협업과 리더십 역량을 높이기 위해 팀 내부 발표를 정기적으로 진행하겠다" 같은 행동 계획이 자연스럽게 나오게 되는 것이다. 표현이 구체적이고, 명제가 논리적일수록 사고는 정리되며, 생각은 실제 행동으로 연결된다. 비트겐슈타인이 말한 언어 정리의 목적은 결국 여기에 있다. 명료하게 생각하는 사람은 삶도 명료하게 살아간다는 것. 그래서 "그것을 하고 싶어", "그랬던 것 같아" 같은 불분명한 표현을 버리고 자신의 생각을 정확한 말로 드러내려는 노력이 필요하다. 만약 그것이 어렵게 느껴진다면, 당신이 아직 제대로 생각하지 않았다는 뜻이다. 명료하게 생각하는 사람은 무엇을 해야 할지, 어디로 가야 할지 알기 때문이다. 반대로 불명확하게 생각하는 사람은 헤매고, 혼란스러워하며, 결정하지 못한다. 그러니, 생각을 명료하게 만들어라. 그것이 당신의 삶을 구체적으로 만들어 줄 것이다.

"철학의 목적은 사상의 논리적 명료화이다."

005

어리석어 보이려
노력해라

사람들이 해내지 못하는 것보다 두려워하는 게 뭔지 아는가? 부끄러움과 실수다. 그래서 회의 시간에 잘못된 의견을 말할까 봐 입을 다물고, 새로운 프로젝트를 제안하다가 거절당할까 봐 망설이며, 어색한 상황이 될까 봐 먼저 다가가지 못한다. 이러한 생각들 때문에 사람들이 규칙대로만 움직이고, 창의적인 생각을 하지 못한다. 비트겐슈타인은 이런 점을 꿰뚫어 보며 말했다. "사람들이 때때로 어리석은 짓을 하지 않는다면,

지적인 일은 결코 이루어지지 않을 것이다." 이 말은 그저 실수를 용인하라는 말이 아니다. 어리석은 시도 없이는 진정한 성취가 불가능하다는 의미다. 생각해 보면 역사 속 모든 위대한 발견은 어리석어 보이는 시도에서 시작됐다. 라이트 형제가 처음 "하늘을 나는 기계를 만들겠다"고 했을 때, 사람들은 그들을 진지하게 받아들이지 않았다. 당시 많은 이들은 비행이라는 개념 자체를 터무니없는 환상으로 여겼다. 그 이유는 두 형제는 정식 공학 교육도 받지 않은 자전거 수리공이었고, 주변 사람들은 "그저 기계 만지는 걸 좋아하는 괴짜" 정도로 여겨졌기 때문이다. 심지어 언론에서는 "자전거 장수가 하늘을 난다고?"라며 조롱까지 섞어 비웃었다. 하지만 라이트 형제는 수백 번의 글라이더 실험을 반복했고, 실패할 때마다 새 구조를 직접 설계해 다시 만들었다. 그 집요함 속에서 결국 1903년 키티호크에서 첫 동력 비행에 성공했다. 전구를 발명해 낸 에디슨 역시 비슷했다. 전구를 만들기 위해 실행한 실험은 거의 천 번이 넘었다는 말이 있을 정도로 길고 지루한 과정이었다. 그것을 본 주변 사람들은 "이 정도면 그만둘 때도 됐다"며 비웃었고, 동료들조차 그의 고집을 이해하지 못했다. 그러나 에디슨은 오히려 "나는 아직 성공하지 못했을 뿐이고, 999가지의 안 되는 방법을 알아낸 것뿐이다"라고 말했다. 이처럼 대부분의 사람이 포기해야 한다고 생각하는 한계를 만났을 때, 그들은 다음 단계로 넘어가기 위한 과정으로 바라본 것이다. 이는 우리가 성장하기 위한 가장 좋은 본보기라 할 수 있다. 그러나 이런 얘기를 들으면 "나는 그렇게 의지가 약해서 그렇게 못해"라고 말하는 사람이 있다. 그런데 그거 아는가? 당신은 이미 이러한 도전 끝에 이뤄낸 사람이다. 아이가 걷기 위해서는 하루 기준 약 100회 정도 넘어지고, 정확히 걷기까지는 대략 수백~수천 번 넘어져야 한다고 한다. 사람마다 오차 범위는 다르긴 하겠지만, 걷기 위해서는 무조건 넘어지고 또 일어서고 이러한 행동을 반복해야 하는 것인데 당신이 지금 걸을 수 있다면 이미 그것을 해낸 사람이다. 즉, 한 번도 넘어지지 않은 아이는 균형 잡는 법을 배울 수 없고, 한 번도 창

피를 당하지 않은 사람은 진짜 용기가 무엇인지 모른다. 그저 어리석은 짓을 해본 사람만이 진정한 지혜를 얻게 된다. 그러나 이를 알고도 실행하지 못하는 것이 꼭 개인의 용기 부족 때문만은 아니다. 우리 사회가 실패에 지나치게 가혹하다는 사실도 무시할 수 없다. 완벽주의와 체면 문화, 실패에 대한 뿌리 깊은 낙인은 사람들의 시도를 위축시킨다. 그래서 한 번의 실수가 평생의 꼬리표가 되는 분위기 속에서 사람들이 쉽게 모험하지 못하는 것이다. 바로 이 지점에서 비트겐슈타인의 말이 의미를 더해준다. 그는 어리석어 보일 용기가 있어야 무엇인가를 이룰 수 있다고 했다. 어리석게 보이는 것을 두려워하는 사람은 아무것도 시작하지 못하지만, 그것을 두려워하지 않는 사람은 작은 시도를 통해 길을 만들고, 실패를 밟아 올라 새로운 지점에 도달한다. 그래서 우리는 실패에 낙인을 찍는 사회일수록 기회라 생각하며 남들이 조금 비웃어도, 무시해도 혹은 실패하더라도 아무것도 하지 않은 사람보다는 천 배, 만 배 낫다고 생각하며 나아가야 한다. 그리고 만약 그

도전이 성공으로 이어진다면, 결국 비웃던 사람들조차 존경의 눈빛을 돌릴 것이다. 그러니 차라리 어리석어 보일 것을 각오하고 도전하자. 도전은 언제나 남는 것이 더 많다. 잃는 것은 체면 정도일지 몰라도, 얻는 것은 경험과 통찰, 그리고 이전에는 보이지 않던 새로운 가능성들이다. 그리고 무언가를 진심으로 시도했을 때 누군가 비꼬거나 욕을 한다면, 오히려 "아, 내가 제대로 가고 있구나"라고 생각하면 된다. 사람들은 원래 자신보다 부족한 것을 보면 연민을 느끼고, 자신보다 잘난 것을 보면 질투를 느낀다. 이런 반응은 당신이 멈춰 있지 않고 앞으로 나아가고 있다는 증거일 뿐이다. 결국 중요한 것은 당신이 스스로에게 어떤 삶을 허락하느냐다. 남들의 평가에 묶여 한 발도 떼지 못하는 삶보다, 넘어져도 다시 일어서는 삶이 훨씬 마음이 편할 것이다. 세상은 도전하는 사람에게만 다음 문을 열어준다. 그러니 주저하지 말고 나아가라. 당신의 어리석을 용기는 거대한 파도를 불러올 것이다.

"사람들이 때때로 어리석은 짓을 하지 않는다면,
지적인 일은 결코 이루어지지 않을 것이다."

006

타인을 설득할 수 있는
최고의 전략

상대방을 정말 설득하고 싶은데, 설득하지 못할 때가 있다. 이럴 때 상대방의 고집이 너무 세 절대 바뀌지 않는다고 생각할 것이다. 실제로도 사람은 잘 안 바뀐다. 그래서 고집을 부린다면 "네가 옳아"라며 놔두는 것도 방법이긴 하다. 하지만 비트겐슈타인은 타인을 설득하기 위해서는 접근 방식이 잘못됐다며 이렇게 해야 한다고 말한다. "누군가에게 진실을 납득시키려면 진술만으로는 충분하지 않고, 그가 가진 오류에서 진실로 나아가는 길을 찾아야 한다." 사람은 각자의 경험, 신념, 두려움, 이해 방식이 층층이 쌓여 있기 때문에, 누군가가 단순히 "이게 맞다"고 말한다고 해서 마음이 바뀌지 않는다. 설득이 실패하는 대부분의 이유는 '근거'의 부족이 아니라 '상대가 왜 다른 생각을 하고 있는지'를 탐색하지 않은 데 있다. 상대가 오류라고 믿는 부분에는 나름의 이유와 논리가 있는데 그것을 무시하고 옳은 말만 반복하면, 말하는 쪽은 명확히 전달했다고 생각해도 듣는 쪽은 더 강하게 방어적인 태도를 취하게 되는 것이다. 비트겐슈타인의 말은 바로 이 지점을 겨냥한다. 설득은 논리로 이기는 것이 아니라 이해의 연결 과정이며, 상대의 사고방식을 존중하고 그가 어디에서 길을 잘못 들었는지를 함께 발견하는 과정이어야 한다. 그래서 설득의 핵심은 '상대가 무엇을 기반으로 판단하고 있는가'를 찾아내는 능력이다. 오류를 지적하는 것보다 그가 자연스럽게 다른 가능성을 볼 수 있도록 길을 열어 주는 것이 목적이 되면 공격적으로 느껴지는 설득이 이해와 해결 방법으로 바뀌게 되는 것이다. 즉,

설득은 설명이 아니라 경험되어야 하며, 그 경험으로 들어가는 문을 여는 사람이 바로 설득자다. 오늘날의 소통에서도 이 통찰은 여전히 유효하다. 정보가 넘쳐나는 시대일수록 각자가 다른 전제와 다른 맥락을 가진 채 대화에 들어오기 때문에 정확한 사실만을 얘기한다고 사람의 마음을 움직일 수 없다. 상대의 오류를 '논파'하려는 태도보다, 어떻게 그가 스스로 진실에 도달할 수 있도록 도울지를 고민하는 태도가 더 큰 힘을 발휘한다. 예를 들어 나의 제품을 마케팅한다고 했을 때 자신의 상품이 좋다고 설명하는 사람이 있고, 이런 당신의 문제를 이렇게 해결할 수 있다고 말하는 사람이 있다. 둘 중 구매전환이 가장 잘 일어나는 마케팅은 후자일 가능성이 크다. 그래서 타인을 설득하려고 할 때는 자신의 입장에서 논리적으로 설명하려고 하지 말고 타인의 문제에서 해결책을 제시하는 방법으로 설득해 보길 바란다. 분명 큰 도움이 될 것이다.

“누군가에게 진실을 납득시키려면

진술만으로는 충분하지 않고,

그가 가진 오류에서 진실로 나아가는 길을 찾아야 한다.”

007

문제를 해결하려면 먼저 문제에서 벗어나라

어떠한 문제에 직면했을 때 하나를 해결하면 또 다른 하나의 문제가 생겨 어떻게 해야 할지 몰라 했던 적이 있는가? 비트겐슈타인은 답이 보이지 않는 문제를 만났을 때는 그것을 해결하기 위해 너무 부분적으로만 보지 말라며 이렇게 말했다. "부분적인 문제에 관여하지 말라. 그 견해가 여전히 명확하지 않더라도, 항상 큰 전체 문제를 넘어 자유로운 관점이 있는 곳으로 달아나라." 이 문장은 우리의 사고가 막힐 때 어떤 태도를 취해야 하는지에 대한 간단하면서도 근본적인 해결책을 제시한다. 우리가 문제를 겪게 됐을 때 하나의 해답에 집착하면 시야가 좁아지고, 그 좁아진 시야는 다른 것들을 보지 못하게 만들고 되레, 문제를 더 복잡하게 만들게 된다. 하지만 그 문제를 잠깐 내려놓고, 좀 더 넓게 시야를 넓히면 새로운 관점이 보이게 된다. 예를 들어, 직장에서 팀원이 보고서를 늦게 제출해 계속 일이 지연된다고 해보자. 대부분은 "왜 늦었지?", "어떻게 하면 빨리 내게 할까?" 같은 작은 문제에만 매달린다. 하지만 이 작은 문제를 붙잡을수록 스트레스를 받게 된다. 하지만 비트겐슈타인이 말한 대로 잠시 뒤로 물러나 전체를 보면 다른 가능성이 보인다. 그 팀원이 일정 관리가 서툴다거나, 업무 분장 자체가 불합리하거나, 혹은 보고서의 기준을 서로 다르게 이해하고 있을 수도 있다. 이렇게 큰 틀을 보기 시작하는 순간 문제는 '늦게 제출하는 행동'에서 '팀의 소통 구조'나 '일정 설계 방식'으로 근본적인 문제를 보게 돼 새로운 관점으로 접근할 수 있게 된다. 일상에서도 비슷한 경험을 한다. 친구가 약속 시간에 매번 늦는다면 "왜 또 늦어? 자기만 생각하나?"라고 부분적인 상황에 갇힌 생각을 할 수도 있다. 하지만 한 걸음 뒤로 빠져나오면 그 늦음이 상대의 성격일 수도 있고, 요즘 업무 스트레스나 개인적인 상황 때문에 여유가 없는 상태일 수도 있다는 것을 볼 수 있다. 그럼, 성격이 그런 거라면 너무 맞지 않기에 미련 없이 떠나기를 선택하거나, 개인적인 상황이라면 그것에 맞춰 다른 날짜에 약속을 잡을 수도 있다. 이렇게 시야가 넓어지면 감정이 조금 정리되고, 해결 방식도 충돌이 아닌 이해에서 출발할 수 있다. 즉, 비트겐슈타인이 말하고자 하는 핵심은 "문제로 보이는 것에 너무 집착하지 말라"는 것이다. 집착할수록 문제는 더 복잡해 보이고, 그 복잡함에 압도된다. 하지만 한발 물러서서 자유롭게 바라보면, 그동안 보이지 않던 것들이 새롭게 드러나기 시작한다. 그러니 당장의 어려움에만 매달려 스스로를 조급하게 만들 필요는 없다. 잠시 문제를 내려놓고 다시 바라보면, 생각보다 그것은 그렇게 벽처럼 단단한 문제가 아닐 때가 많다.

“부분적인 문제에 관여하지 말라.
그 견해가 여전히 명확하지 않더라도,
항상 큰 전체 문제를 넘어
자유로운 관점이 있는 곳으로 달아나라.”

008

사다리를 버려야
더 높이 올라갈 수 있다

비트겐슈타인은 자신의 저서 『논리철학논고』의 마지막 부분에서 이런 말을 한다. "나는 나의 말들이 하나의 사다리이길 바란다. 올라간 뒤에는 버려도 좋다." 한 철학자가 자신의 철학을 버리라고 말하는 일은 드물다. 그러나 그는 지붕에 올라간 뒤 사다리를 계속 붙잡고 있다면, 다른 것들을 할 수 없기에 자신의 철학도 목적지에 도달한 뒤에는 과감히 버리라고 말한다. 그래서 그는 독자들이 자신의 철학을 통해 원하는 지점에

도달하길 바라면서도, 그 자리에서 다시 한 걸음 나아가기 위해서는 자신의 철학에 매달리지 않기를 원했다. 배운 것을 버리고 직접 경험하려는 용기, 이론을 넘어 실천으로 나아가는 결단, 익숙한 지식에서 벗어나 불확실한 삶으로 발을 내딛는 태도를 바란 것이다. 실제로도 우리가 자전거를 배울 때 보조 바퀴를 떼어내는 순간 두려워했을 것이고, 수영을 배울 때도 튜브를 놓는 것을 두려워했을 것이다. 그러나 그것들을 놓음으로써 우리는 자신이 원하는 대로 그 놀이를 즐길 수 있게 되었다. 그렇다면 이 글을 읽고 있는 당신에게 묻고 싶다. 당신이 지금 붙잡고 있는 사다리는 무엇인가. 누군가의 조언, 익숙한 방식, 오래된 신념일 수도 있다. 그것들은 분명 당신을 여기까지 데려왔지만, 더 높은 곳으로 향하려면 어느 순간 손에서 놓아야 한다. 배움을 실천으로 옮기고, 이론을 경험으로 전환하며, 타인의 지혜를 자신의 삶으로 재창조해야 한다. 비트겐슈타인의 철학조차 영원히 붙잡아둘 필요는 없다. 중요한 것은 그 철학이 당신을 어디까지 이끌었는지, 그리고 그 자리에서

무엇을 새롭게 볼 수 있게 되었는가이다. 이제는 이 책
을 덮고 또 자신만의 사다리를 내려놓고, 당신이 도달
한 그 높이에서 세상을 직접 마주하길 응원한다.

**"나는 나의 말들이 하나의 사다리이길 바란다.
올라간 뒤에는 버려도 좋다."**

말할 수 없는 것에 대해서는 침묵해야 한다.

- 루트비히 비트겐슈타인 -

당신의 말이 곧 당신의 수준이다

ⓒ이근오

초판 1쇄 인쇄 2025년 12월 23일

엮은이 이근오
편　집 조영훈
디자인 김지혜
마케팅 정호윤, 김민지
펴낸곳 모티브
이메일 motive@billionairecorp.com

ISBN 979-11-94600-83-1 (03890)